KB072233

너의 시간이
다하더라도

너의 시간이
다 하 더 라 도

같은 시간 속 다른 속도로 살아온
우리의 이별 준비

김유민 지음 | 김소라 그림

쌤앤
파커스

늘 곁을 지켜주는,
열일곱 번의 계절을 함께 보낸
사랑하는 복실이에게.

이별 준비

복실이의 오른쪽 목에 난 종기는 한참이 되었는데도 좀처럼 아물 줄 모른다. 이틀에 한 번 꼴로 보기 싫게 나와 있는 피고름을 물티슈로 꾹꾹 눌러 닦아준다. 그럴 때마다 퍼지는 비릿한 냄새.

그렇게 상처가 나면 이제는 털도 잘 나질 않는다. 건강했을 때는 이름처럼 복슬복슬한 털로 제법 큰 상처도 잘 가려졌는데.

이제는 몸의 일부가 되어버린 상처들을 우리 가족이 아닌 다른 누군가에게 보이는 게 싫어서 어쩔 수 없이 옷을 입히게 된다.

녀석의 눈은 거실에 가만히 앉아 있을 때도, 밥을 먹을 때도, 산책을 나가서도 늘 지그시 감고 있다.

하루 종일 졸음이 떠나지 않는 눈.

그래도 마치 현자 같은 그런 모습을 가만히 바라보고 있으면 사람에게 상처받고 일에 치여 복잡했던 마음이 편안해지곤 한다.

뿌옇게 변해 잘 보이지도 않는 눈동자에 가느다랗게 실눈을 뜨고서도 우리 가족만은 용케 알아보곤 곁을 찾아 자리를 잡고 머문다.

예전 같지는 않지만, 식욕이 남아 있는 건 다행이다.

어릴 때는 배가 터지도록 먹고도 또 달라며 앞발로 긁고, 방방 뛰고 난리도 아니었다. 그럼에도 뜻대로 되지 않으면 "왕!" 하고 짖곤 했다. 그 모습이 귀찮으면서도 피식 웃음이 나오게 귀여웠다.

그러고 보니 고기를 굽거나 치킨을 시켜 먹을 때 요즘처럼
마음 편히 먹었던 적이 있었나 싶다. 문득 떠오른 생각에
미동도 없는 녀석을 가만히 바라본다.

그런 귀찮음이 사라지니 같은 음식인데도 왠지 심심하기
만 하다.

늙은 개와 함께한다는 것.
미처 준비하지 못했고,
상상하지도 않았던 일이었다.

누구나 자라고 늙게 된다는 것은 알고 있었다. 하지만 복
실이의 짧은 생이 가져다 줄 희로애락을 짐작하기엔 나는
너무 어렸고, 녀석은 마냥 사랑스러웠다.

비싸고 좋은 사료도 아니었는데, 한참을 굶다가 세상에서
제일 맛있는 요리를 만난 듯 드르륵드르륵 요란한 소리를
내며 밥그릇이 저만치 밀려날 때까지 고개를 박고는 순식
간에 비우곤 했다.

입 주변에 사료를 잔뜩 묻히고는 만족스러운 표정을 하며 생명의 은인이라도 만난 듯 네 발로 콩콩 뛰어와 품에 쏙 안겼었는데.

좋은 것을 주진 못했지만, 언제나 마음만큼은 그 무엇보다 최고의 것만 주었다. 나 아닌 다른 존재를 이렇게까지 온종일 생각하고 사랑할 수 있다니. 이제껏 경험하지 못했던 사실에 놀라곤 했다.

너의 사랑스러움에 웃음이 끊이지 않던 수많은 날들. 이제는 한 통을 다 쓴 필름처럼 스르륵 감겨버렸다.

그렇게 지나간 날들이 기쁘고 즐거웠던 만큼 앞으로 다가올 남은 시간은 분명 슬프고 힘이 들지도 모른다. 그렇지만 녀석이 사라져 아파할 나를 걱정하지 않기로 했다.

복실이가 나에게 평생 그러했듯, 이제는 나도 녀석을 먼저 생각하려고 한다. 의젓하고 아름답게, 너의 시간이 다하더라도.

움츠러들지 마.

늙는 건, 그래서 아픈 건
네 탓이 아니야.

차례

프롤로그 이별 준비 … **6**

너의 빈자리 … 17

너는 알까? … 23

더 늦기 전에, 후회하기 전에 … 24

사랑한다는 것은 … 27

첫 만남 … 28

세상의 전부 … 32

너를 돌보며 나를 돌본다 … 34

기억하고 있어 … 36

힘내! … 38

복실이와 유모차 … 39

기다림 … 44

언제나 오늘 같았으면 … 46

꿈 … 49

 # 친구들의 편지
함께 걸어줄게 … 50

첫눈 ··· 53

우리 아빠가 달라졌어요 ··· 56

우리라는 기쁨 ··· 59

단호박 소고기 완자 ··· 60

가족사진 ··· 62

내 마음속 비밀번호 ··· 66

소소하지만 확실한 행복 ··· 67

복돌이와의 짧은 추억 ··· 68

다행이다 ··· 70

살아 있음에 ··· 74

잊지 않으면 잃지 않아 ··· 76

 # 친구들의 편지

눈빛이 맑았던 너 ··· 80

오늘도, 오늘 더 … 83

만질 수 있음의 소중함 … 85

고구마 소동 … 88

늘 곁에서 지켜주고 싶지만 … 91

가려지지 않는 세월의 흔적 … 94

늙은 개는 눈으로 말한다 … 95

발맞춰 걷기 … 97

산악견 복실이 … 99

우리, 제주도 가야지 … 102

난 괜찮은데 … 104

그렇게 오늘이 왔다 … 106

친구들의 편지
다시 주어진 기회 … 110

늙음과 죽음을 대하는 자세 … 113

어느 금요일 … 115

미안해, 많이 외로웠지 … 120

한밤중 동물병원 … 121

벼랑 끝에도 꽃은 피더라 … 124

치매라니 … 127

공명 ⋯ 130

그렇게 쉬운 일이 아니다 ⋯ 133

사랑하기 좋은 날 ⋯ 135

내 안의 감정 ⋯ 137

 # 친구들의 편지
휠체어를 탄 개 ⋯ 140

너의 의미 ⋯ 143

최선의 한계 ⋯ 147

같은 시간 다른 속도 ⋯ 149

다들 어디로 갔을까? ⋯ 150

늙은 개와 버려진 개 ⋯ 152

너의 이름은. ⋯ 155

다시 아기가 되다 ⋯ 157

즐거운 포기 ⋯ 160

작아지지 마 ⋯ 162

네가 가르쳐준 것 ⋯ 164

예쁘지 않아도 돼 ⋯ 166

행복을 줍다 ⋯ 168

괜찮아? ⋯ 170

에필로그 우리가 함께하지 않았더라면 ⋯ 172

너의 빈자리

복실이가 밥도, 물도 안 먹어.

설마, 그럴 리가.
직접 보지 않고서는 믿을 수 없는 엄마의 문자 메시지.
타고난 먹성에 단 한 번도 끼니를 거른 적이 없는데.

떠날 때가 되면,
밥과 물을 먹지 않는다고는 들었지만….

방정맞은 생각을 떨치려 세차게 고개를 흔들었다.
부쩍 쌀쌀해진 날씨 탓인지 힘없이 축 처져 있던
복실이의 모습이 머릿속을 스치자 마음이 조급해진다.

동물병원 의사의 권유를 따르기로 한 엄마는
복실이를 입원시켰다.

하루가 1년 같다는 말,
이럴 때 쓰라고 있는 거구나.

온갖 걱정이 꼬리를 물고 떠나질 않는다.

다리에 힘이 없어
볼일을 볼 때마다 들어다 줘야 하는데.
귀찮게 한다고
괜히 싫은 소리를 듣는 것은 아닌지.

다리를 수술했을 때 말고는
홀로 남겨진 적 없는데.
눈과 귀가 어두워 밤새 무서움에 떨다
그렇잖아도 약한 심장에 무리가 가는 것은 아닌지.

거실 한가운데서 아무것도 하지 않고
늘 누워 있기만 했던 작은 녀석이
고작 몇 시간을 비웠을 뿐인데.

익숙했던 모든 것들이
낯설고 생소하다.

걱정이 그냥 걱정으로 끝나야 하는 밤.
무사히, 얼른 지나가주길.

늘 약속도 편히 못 잡고
곧장 집으로 들어가야 했던 것을 투덜댔는데….

무어라도 할 테니
갑자기, 준비할 시간 없이
그렇게 떠나지만 말아줘.

모든 것이
그대로인데,

너만 없다.

날이 밝기만을 애타게 기다렸다가
아침이 되자마자 호들갑을 떨며 병원에 전화를 걸었다.
다행이다. 별 일 없이 잘 보냈다고 한다.

걱정에 밤새 뒤척이다 겨우 잠이 든 엄마를
억지로 깨워 복실이를 얼른 데려오자고 재촉했다.

그래. 네가 있는 거실.
이제야 집인 것 같다.

너는 알까?

집을 나설 때
네가 눈에 밟혀 발걸음이 떨어지지 않는다는 걸.
널 볼 수 있다는 생각에
집으로 돌아가는 매일이 행복했다는 걸.
하루의 힘겨운 시작과 고된 끝에
한결같은 네가 있어
어디에서도 만날 수 없는 위로를 받는다는 걸.

더 늦기 전에,
후회하기 전에

예전에는 이해하지 못했던 것들이 마음 깊이 와닿는 걸 보면 경험만큼 공감의 폭이 넓어진다는 말이 맞는 것 같다. 슬프겠다는 친구의 위로가 고맙지만 그럴수록 진정 이해받을 수 없는 감정이라는 사실을 깨닫는 것 같아 더 외로워졌다. 그래서 같은 경험을 하고 있는 사람들의 이야기와 위로가 절실했다.

나처럼 새천년 시작과 함께 강아지를 키우기 시작한 집이 많았다. 그 녀석들의 지금 모습은 어떤지 궁금했다. 인형 같이 귀여운 어린 강아지 사진은 많은데, 늙고 아픈 개들은 다 어디에 있는 걸까. 어떻게 지내고 있을까. 그 많던 개들은 다 어디로 갔을까.

지금이 아니면 안 될 것 같았다. 내일 당장 내 곁을 떠날지도 모를 일이었다. 더 늦기 전에 어느새 늙어버린 복실이와의 시간을 남겨야겠다고 생각했다.

세상에서 가장 사랑스러운 푸들.
열일곱 해를 살아낸 복실이의
마지막 순간들을 함께하고 있어요.
마지막 순간이 가까워지고 있다는 것을
아직은 받아들이기 힘들지만
조금씩 그렇게 견뎌내고 있어요.

마음속 담아두었던 감정을 표현하니 어디서부터인지 모르게 힘이 솟았다. 받아들일 수 없어 당황스럽고 슬프기만했던 마음도 진정이 됐다.

하나둘씩, 그들도 복실이처럼 늙은 개가 있다고, 그리고 있었다고 말해주었다. 그들의 이야기에 위로를 받으면서 따스함을 느꼈다.

그래서 이렇게 글을 쓴다.

어딘가에 있을, 나처럼 홀로 외로울 누군가에게 내가 받았
던 따스한 마음이 전해지길 바라면서.

당신 혼자가 아니라는 것을 잊지 말아요.
그 마음 충분히 알고, 깊이 느끼고 있어요.
잘해왔고, 잘하고 있고,
또 앞으로도 잘할 수 있다는 자신감을 가져요.

당신의 그 마음,
응원하고 함께하고 있어요.

사랑한다는 것은

사랑한다는 것은 그만큼 서운하고 실망하게 되는 일이었
다. 사랑을 주더라도 그것보다 더 받을 수 있기를 바랐고
마음이 변하거나 줄어들면 언제 그랬냐는 듯 정리하기도
했다.

그동안 상처를 받지 않으려 얼마나 많은 상처를 주었을까.

믿었던 사람이 나를 아프게 했던, 어떤 말도 하고 싶지 않
았던 그날. 무심한 듯 있다가 어느새 곁을 내어준 복실이.

그렇게 늘 같은 자리에서 나를 지켜준 너.
그렇게 늘 한결같은 사랑을 선물한 너.

첫 만남

복실이는 아빠 지인이 키우던 강아지의 새끼 중 하나였고 분양을 받아 우리에게 오게 되었다. 복실이가 우리 집으로 오던 날 지하철의 소음 속에서 그렇게 많은 사람들을 처음 보았을 텐데도 얌전하게 품에 안겨 있었다고 한다.

바로 옆에 있던 아빠가 무안하게 오로지 엄마 품에만 안겨 좀처럼 떨어질 줄 몰랐던 복실이는 한눈에 봐도 순하고 낯을 가리는 성격이었다.

나와 동생은 서로 먼저 안아보겠다며 한바탕 실랑이를 벌이면서도 행여 떨어뜨릴까 조심 또 조심했다. 살아 있는 생명이 이렇게 작고 가벼울 수 있을까 싶었다.

새끼 복실이는 보드랍고 귀여운 인형 같았다. 꼬물꼬물 움직이고 총총거리며 걷기까지 하니 좋아서 어쩔 줄 몰랐던 것 같다.

우리 집으로 오기 전 야후 메일로 먼저 받아 보았던 갓 태어난 복실이의 모습이 어렴풋이 떠오른다. 작고 흐릿한 화질의 사진을 뚫어져라 바라보며 어느 녀석이 우리 집으로 오게 될까 궁금했던 기억이 난다.

어미를 쏙 빼닮아 비슷비슷하게 생긴 다섯 마리. 그중 어미젖을 놓치지 않으려 유난히 애쓰던 한 녀석이 눈에 들어왔다. 역시, 예감은 틀리지 않는 법.

새끼 중 가장 튼튼하고 잘 먹어서 큰 탈 없이 잘 자랄 것 같아 우리 집으로 보냈다는 이야기를 들었다. 복실이에게 푹 빠진 우리 모습을 보고는 이렇게 잘 키울 줄 알았으면 제일 인물이 좋은 놈으로 골라줄 걸 그랬다지만 그냥 복실이라서 마냥 예쁘고 좋았다.

노오란 플라스틱 밥그릇과 사료, 작은 쿠션 같은 집. 마트에서 이것저것 복실이를 위한 선물을 골랐다. 그리고 서비스로 받은 손바닥만 한 줄무늬 티셔츠.

강아지는 절대 안 된다던 아빠가 복실이를 데려왔다는 것이 지금도 신기할 뿐이다.

복실이는 아빠가 내게 준 최고의 선물이다.

그렇게 복실이는
가족이 됐다.

세상의 전부

"얘들아, 우리 집도 이제 강아지 키워. 푸들이야."

부러운 게 많았던 어린 시절, 복실이는 나의 유일한 자랑거리였다. 강아지를 키우는 사람들이 하나둘 늘어가던 그 시절 우리 집도 그중 하나가 되었다는 것이 괜히 으쓱했다.

학교 가는 아침에는 거실 저편에 있는 복실이가 아른거려 몇 번이고 문을 열었다 닫았다 하면 엄마에게 한소리 듣기 일쑤였다.

학교가 끝나면 누가 쫓아오는 것도 아닌데 가방이 열린 줄도 모르고 우다다 뛰어가 복실이를 보아야 직성이 풀렸다.

매일같이 나를 기다리고 반기는 존재가 있다는 것이 기쁘고 든든했다. 어떤 조건도 없이 와락 안기고 뽀뽀해주는 녀석 때문에 매일 미소가 나왔다.

각자의 삶을 살면서 함께 공유할 주제가 없어 고요하기만 했던 집안의 공기도 복실이의 몸짓과 재롱에 대한 대화로 물꼬가 트여 조금씩 채워졌다.

초롱초롱 그 자체로 윤기가 나는 시절이었다.

처음이라 이것저것 서툴렀다. 그럼에도 불구하고 비싼 사료나 영양제 없이도 아픈 데 없이 무럭무럭 자라주었다.

복실이는 우리 가족을 세상의 전부로 믿고 의지했다. 나 또한 복실이가 세상의 전부였다.

그렇게 늘어가던 복실이의 무게만큼 사랑도, 책임감도 커져갔다.

너를 돌보며
나를 돌본다

개는
일곱 살까지는 함께 즐거워하는 존재고
그 후부터는 반려하는 존재가 되고
열 살이 넘으면 봉양해야 하는 존재가 된단다.

보살피는 시간이 훨씬 많아진 지금,
돌아보면 지나간 시간들이 정말로 그러했다.
우리의 시작에는 즐거움만 가득했고,
세월이 흐르면서 미처 알지 못했던 감정들이 더해졌다.

복실이가 열다섯 살이 되던 해,
갑자기 찾아온 노화는 한없이 안쓰럽고 미안했다.

어쩔 줄 모르는 채 흘러가는 시간 앞에서
무력해지는 마음을 힘겹게 부여잡고
시간과 마음은 물론이고 돈도 적잖이 써야만 했다.

그런데,
복실이가 나에게 곁을 내어준
열일곱 해를 생각하면
턱없이 부족하고 너무나도 작은 것이었다.

네가 아프면 나도 아프고,
네가 좋으면 나도 좋다는 것을
너무 늦게 깨달은 게 아니길.

그 마음 더 표현하고
고백할 수 있는 시간이
우리에게 좀 더 남아 있길.

기억하고 있어

더 늦기 전에 기억 속에 모두 담아두고 싶어서인 듯, 녀석은 베란다 너머 너무도 익숙한 집 앞과 공원 풍경을 마치 처음 본 것처럼 찬찬히 그리고 꼼꼼히 바라본다.

오랜만의 산책을 위해 조심스레 문 밖으로 내딛는 걸음.

품에 안긴 복실이는 엘리베이터를 타고 내려오는 내내 거울에 비친 제 모습에서 눈을 떼지 않는다.

눈 한 번 깜빡이지 않고 거울만 바라보는 녀석을 나도 가만히 바라보았다. 그러다 문득 슬픔이 차올라 붉어진 눈을 녀석이 보지 못하게 고개를 돌렸다.

내게는 여전히 아름답고 사랑스럽지만, 시간이 만든 초라함을 감출 수는 없었다.

거울 속에는 더는 예전처럼 힘차게 뛰어다니지 못할 굽어 버린 다리와 몸 곳곳에 새겨진 검버섯과 지방종 그리고 뿌옇게 변해버린 눈동자가 담겼다.

복실아, 너도 어느새 늙어버린 네 모습이 아쉽고 슬퍼서 그러니? 그래도 괜찮아. 누구보다 예뻤고 눈부시게 반짝였던 그 시절은 누나의 기억 속에, 우리 가족 모두의 기억 속에 언제나 또렷이 남아 있을 테니까.

그리고 지금의 이런 네 모습도 그때의 너만큼 귀하고 사랑스러워.

힘내!

빠르게 뛰는 것보다 걸음을 맞춰 천천히 걷는 것이 더 힘들다는 것을 배운다. 쫓아갈 틈 없이 저만치 달려가서는 빨리 오라며 재촉했던 지난 시간이 아득하게 느껴지는 요즘.

길을 가던 노인 한 분이 힘겹게 한 걸음을 떼는 복실이를 보며 "힘내!"라고 응원을 보내주신다.

힘에 부칠 텐데, 이제는 그만하고 싶을 법 한데. 그럼에도 다시 힘을 내주는 복실이가 한없이 고맙다.

복실이와 유모차

나이 든 복실이는 조금만 길이 거칠어도 철퍼덕하고 넘어진다. 이제 산책은 넘어져도 충격이 덜한 흙이나 잔디에서 무리하지 않고 조금씩 걷는 것으로 대신한다. 그러면 넘어져도 일으켜 세우면서 마음도 덜 쓰리다.

잠시라도 품에 안고 있으면 좀 걸어 다니게 내려달라고 몸부림을 치던 복실이. 하지만 이제는 제 상태를 인정한 듯하다. 그리 싫어하던 포대기도 그러려니 하고 순순히 들어가 곤히 잠든다.

복실이를 유모차에 태우고 산책을 하던 어느 날, 저쪽에 휠체어 하나가 눈에 들어왔다. 휠체어에 몸을 의지한 노인은 축 늘어진 사지에 한 번도 뜨지 못한 것처럼 눈을 감고 있었다. 왠지 미안한 마음이 들어 다른 방향으로 유모차를 끌고 갔다. 그때 휠체어 옆 중년의 남성이 슬픈 기색이라고는 없이 말을 걸어왔다.

"그 개도 나이가 많은가 봐요?"
"네. 늙은 데다 다리에 힘이 없어 바람이라도 씌려고 이렇게 태워서 와요."

어색할 때 반사적으로 나오는 긴 설명. 반려동물 인구가 많아졌다지만 노견을 정성껏 돌보는 모습을 한심하게 혹은 유난스럽게 보는 시선이 있는 것이 사실이기에 못할 짓을 한 것도 아닌데 말이 길어진다. 하긴, 나조차 복실이가 건강했을 때는 유모차를 탄 강아지를 이해하지 못했으니.

너희 젊음이
너희 노력으로 얻은
상이 아니듯,

내 늙음도
내 잘못으로 받은
벌이 아니다.

영화 〈은교〉의 대사처럼 젊을 땐 늙음을 쉽사리 헤아리지
도, 온전히 바라보지도 못하니까.

아들로 보이는 간병인은 의연하고 초연해 보였다.

그래서 좋았다.

생명을 지닌 그 누구나 늙고 병들어 언젠가는 죽는 것을.
슬퍼하고 안쓰러워해도 다 하릴없는 일일 테니.

그냥 예전처럼 대하고 남은 시간을 씩씩하게 함께하는 것
이 더 필요할지도 모르겠다는 생각을 하며 포기하지 말자
고 다짐해본다.

유별나다고 생각했던 그때 유모차 속 강아지 가족들의 마
음을 가만히 헤아려 보다가 괜스레 미안해진 어느 산책길.

기다림

늙거나 어린 생명은 홀로 두기 어렵다는 공통점이 있다. 혼자서는 좀처럼 무엇을 할 수 없고 작은 것도 도움이 필요하기 마련이다. 한 가지 다른 점이라면, 어린 생명은 시간이 지나면 혼자 할 수 있는 것이 많아지겠지만, 늙은 생명은 그렇지 않다는 것이다. 당연하던 일상이 더는 당연하지 않게 되는 것이다.

복실이 홀로 집에 있을 때 갑자기 문제가 생기지는 않을까 싶어 밖에서도 언제든 볼 수 있게 애견용 홈 CCTV를 놓았다. 이제는 밖에서도 녀석을 지켜볼 수 있게 된 것이 신기했다. 하지만 첫 영상이 시작되고 얼마 되지 않아 더는 지켜볼 수 없어 고개를 돌렸다.

영상 속 복실이는 하염없이 현관문을 바라보며 기다리다 목을 축이고는 다시 또 기다렸다. 그러다가 갑자기 늑대 울음처럼 서럽게 소리를 냈다. 혼자 두지 말고 얼른 와 달라는 뜻이란다. 그렇게 한참을 울다 지쳐 잠에 들었다.

녀석은 아무것도 하지 않은 채
끝을 알 수 없는 기다림을 홀로 견뎌내고 있었다.

누워서 대부분의 시간을 보낼 수밖에 없다는 것을 받아들이고 긍정하는 것이 생각처럼 쉽지 않다. 그렇지만 최선을 다해 노력했다. 더는 뛰지 않아도 된다고 도닥여주고 느려지는 걸음을 기다렸다.

그럼에도 문득 찾아오는 서러운 마음들.

잘하고 있다고 생각했는데. 괜찮아지고 있다고 생각했는데. 몇 번을 더 무너지고 서럽겠지. 그때마다 마음을 다잡아야 하겠지. 아직 우리에겐 시간이 남아 있으니까.

언제나
오늘 같았으면

열흘이나 되는 추석 연휴. 집에서 복실이와 온전히 함께했던 게 언제였는지 기억도 가물가물하다. 쉽게 오지 않을 기회에 멀리 떠나 볼까 욕심도 났지만 이렇게 긴 시간을 복실이와 함께하는 것이 올해가 마지막일지도 모른다는 생각에 욕심을 접고 집에서 보내기로 했다.

하루에 한 번 여유롭게 녀석과 바람을 쐬고 안약도 세 번씩 꼬박꼬박 넣어주었다. 영양제를 섞은 엄마표 특식도 먹여주고 실수 없이 정해진 곳에 배변을 하면 "아이, 잘했다"라며 꼬박꼬박 칭찬을 했다. 날이 밝도록 이불 속에서 몽실몽실한 복실이를 끌어안고 여유도 누렸다. 녀석에게서 느껴지는 따뜻함. 행복 그 자체다.

꿈꿔온 일들을 실행하진 못했지만, 일상을 온전히 함께한다는 것이 얼마나 큰 행운이고 행복인지 새삼스레 느꼈다. 그래서 별일을 하지 않았어도 괜찮았다.

평소와 다를 바 없지만 여유가 있으니 우리 둘만의 하루를 꼼꼼히 보낸다는 기분이 들어 특별하게 느껴졌다.

복실이는 연휴 동안은 홀로 가족들을 기다리지 않아도 되었다. 가족들은 녀석이 원할 때마다 늘 곁에 있었다. 그래서였을까. 복실이는 한 번을 깨지 않고 잠도 잘 잤다. 드르렁 소리와 함께 코도 골면서. 달리는 꿈을 꾸는지 발꼬락도 꼼지락꼼지락.

이렇게 예쁜데.
아직도 이렇게 사랑스러운데.

문득,
마음 한구석이 시큰하다.

연휴가 끝나고 애견숍에 목욕을 맡겼더니 지난번과 달리 다리에 힘이 많이 생긴 것 같다고, 부쩍 건강해진 것 같다며 주인 아주머니께서 활짝 웃는다.

복실이가 이틀간 꼼짝없이 누워만 있던, 처음 경험한 불안 속에 보냈던 지난 겨울이 생각난다. 이후 열 달 남짓한 시간은 열 번의 계절을 보내온 지난 세월보다 더 진하게, 마음을 다해 사랑하고 아껴줬다.

바람이 부쩍 차가워졌다. 이번 겨울은 조금 덜 불안했으면. 더 깊이 사랑할 테니 우리 행복이 조금 더 길어졌으면.

꿈

요즘 복실이의 하루는
잠으로 시작해 잠으로 끝난다.

노릇하게 구운 누룽지 냄새가 나는
발바닥을 꿈틀대며 자다가 "왈" 하고 잠꼬대를 한다.

무슨 꿈을 꾸고 있을까.
기운 넘치는 그때로 돌아가
유난히 좋아했던 집 앞 산으로 뛰어가고 있을까.

그럴 수만 있다면
귀찮아하지 않고 더 열심히 같이 뛰고 달릴 수 있는데.

함께 걸어줄게

킨키를 처음 만난 건 수능이 끝났을 때였어요. 당시엔 강아지를 키울 수 있다는 사실에 마냥 들떴던 것 같아요. 반려동물을 맞이하는 책임과 의무, 사명감 같은 건 진지하게 생각하지 못한 채 마냥 기쁘기만 했었죠. 함께하는 시간이 점점 길어질수록, 킨키에 대해 알아갈수록 미안함이 점점 더 커졌습니다.

우리가 함께한 지 벌써 14년이 됐네요. 서로 의지하고 보듬으며 그렇게 시간이 흐르는 동안 킨키는 먼저 늙어버렸습니다. 개의 시간은 사람보다 빠르다는 것을 알지 못했어요.

킨키가 10살이 되던 그해, 믿기 힘든 이야기를 들었습니다. 늘 건강할거라 믿었던 킨키가 앞을 볼 수 없게 될 거라는 말이었어요. 어떻게든 막아보려고 좋다는 약을 쓰고 수술도 했습니다. 그럼에도 두 눈 모두 시력을 잃고 말았어요.

여러 번의 수술로 기력이 떨어진 데다 시력까지 잃은 킨키는 쓰다듬는 손길도, 한 걸음 내딛는 것도, 작은 소리도 무서워했어요. 우리나라에서는 앞이 보이지 않는 개를 위한 보조기구를 구할 수 없어 해외에서 어렵게 구했습니다.

킨키를 보면 여전히 마음 한구석이 아리지만, 이제는 현실을 받아들이려 합니다.

불안하고 두려웠던 20대를 함께 견뎌준 사랑하는 내 킨키. 우리에게 얼마의 시간이 남아 있을까요? 길지 않을 시간, 최선을 다하려 해요. 마음을 다해 사랑해주고 싶어요.

오래도록 곁에서 함께 걸어주고 싶습니다.

첫눈

어김없이 찾아온 겨울,
유난히도 춥고 깊다.

밤새 첫눈이 소복이 쌓여
새하얀 풍경이 펼쳐졌다.

눈이 녹기 전에 보여주고 싶었다.
패딩에 담요까지 꽁꽁 싸맨 복실이를 안고
부지런히 집 밖으로 나섰다.

잠이 덜 깼는지 멍하니 서 있던 녀석이
이내 한 걸음씩 뗀다.

네 발로 서 있는 모습은
그 자체로 감동이다.
눈밭에 사뿐히 새겨지는
조그마한 발자국들을 보니 괜히 뭉클해진다.

숨죽여 울었던,
불안함에 떨었던
지난 겨울.

너와 함께
다시 한번 겨울을 맞이할 수 있기를,
다시 한번 하얀 눈을 볼 수 있기를
간절히 바랐었다.

지금도 우리여서 더 바랄 게 없다.

찰칵, 찰칵.
꼭 남겨야 하는 너무도 귀한 시간들.

누나는 네게 오래오래
눈을 보여주고 싶어.

우리 아빠가
달라졌어요

"개는 개야."
잊을 만하면 듣게 되는 말.

아빠는 당신이 데려와 놓고는 복실이에게만 관심을 보이는 가족들이 못마땅했는지 괜한 타박을 하곤 했다. 밖에서 안 좋은 일이 있었던 날이면 다가와 애교를 피우는 복실이에게 저리 가라며 툴툴대곤 했다.

엄마와 다툴 때는 "저놈의 개, 갖다 버리든지 해야지"라며 가만히 있는 복실이를 걸고넘어지기 일쑤였다. 홧김에 했던 말이라는 걸 알면서도 원망스럽고 미웠다. 그럴 때면 엄마와 나, 동생은 한마음이 되어 눈을 흘겼다.

복실이는 아빠의 이런 말들을 알아듣고 있었던 것 같다. 그리고 잊지도 않고 다 기억하고 있었는지 혹시라도 아빠와 단둘이 산책하러 가게 되면 엉덩이에 힘을 주고 주저앉아 나가지 않겠다며 버텼다.

그럴 때마다 또다시 "저놈의 개"로 시작했던 아빠의 말. 하지만 어쩌겠나, 다 본인이 자초한 일인걸.

하루, 한 달, 일 년이 지나면서 아빠도 조금씩 바뀌기 시작했다. 언젠가부터 퇴근길에 대문을 열기도 전에 "복실이, 아빠 왔다"라고 하셨다. 게다가 기겁을 하며 미루기 바빴던 녀석의 똥오줌도 직접 치우는 게 아닌가.

돌이켜보면 자연스러운 변화였다. 복실이는 아빠가 집에 돌아오면 대문 앞으로 달려 나가 엉덩이를 좌우로 살랑거리며 꼬리를 힘차게 흔들곤 했다. 매번 좋은 소리 듣기 힘든 사람인데도 그러는 모습을 보면 어찌나 기특한지. 인간으로 태어났다면 사회생활은 나보다 훨씬 나았을 것 같다.

일찍부터 가장 역할을 맡아 인생의 대부분을 자신보다 남을 위해 일해 온 아빠였다. 그러면서도 바깥의 크고 작은 힘듦을 내색하는 것을 보지 못했다. 나로서는 아빠가 지녔을 괴로움의 크기를 가늠조차 할 수 없다. 무뚝뚝한 딸의 살가운 한마디를 듣고 싶어 했을 텐데.

아빠에게는 늘 한결같은 복실이의 인사가
하루의 고단함을 풀어주는 유일한 위로가 아니었을까.
어쩌면 녀석을 미워한다는 것은
애초에 불가능한 일이었을지도 모른다.

그렇게 아빠는 복실이에게 마음을 내어주었다.

우리라는 기쁨

강아지가 바라는 것은 단순하다. 주인과 함께하는 것.

우리라는 기쁨은 이전에는 알 수 없던 감정이었다. 복실이를 조금 더 일찍 만나지 못한 것이 괜히 아쉽고 아깝다는 생각이 들곤 했다.

노견이 된 복실이에게서 느끼게 되는 슬픔과 두려움도 녀석이 내게 주었던 사랑과 즐거움 때문일 것이다.

일생의 반 이상을 기다리는 데 보낸 녀석에게 지금부터라도 부지런히 옆을 내어주려 한다.

단호박
소고기 완자

녀석은 어릴 때부터 입 주변에 칫솔만 가져가도 잇몸까지 보이며 으르렁거렸다. 입 냄새가 지독하긴 했어도 별 무리 없이 튼튼했던 데다 이렇게까지 발버둥을 치며 싫어하는데 강제로 닦아야 하나 싶어 그냥 두었는데….

큰 실수였다.

관리되지 않은 치아는 나이가 들자 치석으로 염증이 심해지고 마모됐다. 늦게나마 스케일링 기구를 사서 치석을 제거하려 했지만 굳어질 대로 굳어져 좋아질 기미가 보이지 않았다. 병원에서 해결을 하려 했지만 마취하기에는 너무 위험한 나이 때문에 결국 포기할 수밖에 없었다.

이제 복실이는 어금니만 남았다. 하지만 그나마도 상태가 좋지 않다. 엉망인 치아를 고려해 직접 만들어 먹이는 사료에는 정성이 한가득 들어간다.

우선 단호박을 쪄서 곱게 으깨고 다진 소고기를 푹 익혀 섞어준다. 사료도 갈아 넣은 다음 호호 식혀서 동그란 완자 모양으로 조물조물하면 한 끼 완성이다.

매번 만들기 번거로워서 많이 만들어 냉동실에 보관한다. 하나씩 꺼내 전자레인지에 돌려 마지막으로 약과 영양제를 넣고 비벼서 준다. 하루에 두 번 쿠싱증후군 약, 거기에 영양제와 피 나는 잇몸 때문에 치주염 약까지.

어릴 때는 조금이라도 약 냄새가 나면 근처에도 오질 않았는데 감각이 둔해져 약이 섞인 줄도 모르고 얼른 달라며 물끄러미 바라본다. 나중에 나이 들어 아프면 어쩌나 걱정했던 것이 이렇게 해결될 줄이야.

가족사진

마냥 시간이 더디게 흘렀던
너와 나의 어린 시절은
빛바랜 사진 몇 장 속에 남았다.

제대로 찍히긴 할까 매번 불안했던,
여기저기 벌어진 틈을
테이프에 의지해 간신히 버텨낸
오래된 필름카메라가 열일을 했다.

싱크대 밑 그 작은 공간에
슬금슬금 들어가 숨던 녀석이 귀여워
찰칵!

펑하고 후레시가 터졌고
불빛에 반사된 녀석의 눈은 녹색이 됐다.
그 이후로는 카메라만 들면
쪼르르 도망가 숨기 바빴다.

언젠가는 돌 사진을 흉내 낸다고
녀석의 발 앞에 만 원짜리 한 장을 놓았다.

영문을 모르겠다는 표정으로
바라보는 복실이 모습에
한참을 웃었던 기억이 떠올라
웃음이 나오면서도 마음 한쪽이 시큰하다.

그렇게, 늘 한결같이
오래도록 함께할 줄 알았는데.
함께했던 그 날들이
가물가물해져
그리워질 줄 몰랐다.

가족사진을 찍으러 찾았던 오래된 사진관.
거무튀튀한 흑갈색 배경에
철 지난 옛날 포즈
거기에 마침표를 찍는 어색한 표정까지.

뭔가 빠진 것 같아 데려갔던 복실이를 안았다.
그러자 이내 번지는 자연스러운 미소.

조명이 뜨거웠는지 연신 헥헥거렸던 녀석은
사진 속에선 밝게 웃는 것 같다.

새삼 그립고 아득한 지난날.

복실아, 네가 다 죽어가던
가족사진을 살렸어.

내 마음속
비밀번호

온라인 사이트에 가입할 때마다 나오는
비밀번호 찾기 힌트 질문.

"나의 보물 1호는?"

두말할 것 없이,
복실이.

우리가 처음 만난 순간부터 지금까지,
그리고 앞으로도 영원히
가장 소중한 존재이기에.

소소하지만
확실한 행복

복실이는 감각이 무뎌진 탓에 먹을 것을 제외한 모든 것에 심드렁하지만 가족만큼은 늘 곁에 두려 한다.

평소보다 늦게 들어오면 주변을 맴돌다 등을 돌리고 가만히 앉아서는 한참을 그러고 있다. "삐졌어? 누나가 미안해"라고 하면 그제야 내 쪽을 보고 눕는다.

약속 없는 주말, 오랜 잠을 자는 녀석 옆에서 나는 그저 책을 읽고, 텔레비전을 보고, 휴대폰을 만지작거릴 뿐이다.

서로에게 유일한 존재로 함께하는 이 순간, 이것이 바로 소소하지만 확실한 행복 아닐까.

복돌이와의
짧은 추억

익숙한 산책길 초입. 나무에 묶인 푸들 한 마리를 보았다.
그리고 옆에 놓인 작은 물통 하나. 잠시 묶어놨겠지. 그렇
게 믿고 싶었다.

산에서 내려오는 길에도 그 강아지는 여전히 그대로였다.
두려움에 그렁그렁해진 눈. 그렇게 한 생명이 너무도 쉽고
잔인하게 버려졌다. 누군지 모를 그 사람을 향해 머릿속에
떠오르는 모든 원망을 쏟아냈다. 그나마 사람 다니는 길에
버려 다행이라는 엄마의 말이 위로가 될 줄이야.

집으로 다시 찾아오기라도 할까 걱정했던 것일까. 정말 열
심히도 묶어 놓았다.

이렇게 만난 것도 인연이기에 복돌이라는 이름을 지어주었다. 자기보다 한참 작은 새끼에게도 꼬리를 바짝 내리고 뒷걸음치던 복실이는 이 녀석에게만은 의기양양하게 텃세를 부렸다.

그렇잖아도 좁은 집에 강아지가 두 마리가 되어버리니 신경 쓸 일이 한두 가지가 아니었다. 곱슬머리 두 녀석을 보면 흐뭇했지만 가족을 찾는 것이 좋을 것 같았다. 하지만 원래 주인을 찾지 못했고 결국 새로운 가족으로 입양을 보내게 되었다.

세 달 정도 지났을까. 잘 지내고 있는지 궁금해 엄마와 함께 찾아갔다. 우리를 단번에 알아보고 달려와 안기는 녀석이 반가우면서도 미안했다.

개는 자신에게 베푼 마음을 평생 잊지 않는다고 한다. 부디 쉬운 마음으로 들이고, 또 쉽게 내치지 않았으면 한다. 녀석들의 한결같은 마음을 안다면 결코 그러진 못할 텐데.

다행이다

친구들과 어울리는 것에 하루의 대부분을 몰두하던 학창 시절. 늦은 밤 학원 버스 속에서 조잘조잘 수다를 떠느라, 컵 떡볶이에 세상을 다 가진 듯 행복해하느라, 소풍 땐 무얼 입을지 고민하느라 외롭거나 우울할 틈이 없었다.

내가 그러는 동안 엄마는 집에서 무엇을 하고 있을까 한 번도 궁금하지 않았다. 그냥 엄마라서, 엄마니까 당연한 일을 하고 있을 거라 생각했다.

엄마는 나가서 돈을 벌고, 살림도 하고, 우리들 학원도 보내야 했고, 짜내고 아껴서 저축은 물론이고, 집안의 크고 작은 경조사를 챙기느라 친구를 만날 시간도 없었다.

돌아보면 당연하지 않은 희생을 당연하게 요구하고 있었다. 그리고 그걸 당연한 듯 감당하느라 엄마는 늘 외로웠다.

그랬던 엄마가
우리 집의 새로운 막내,
복실이를 만났다.

품에 안겨 떨어지지 않는 작은 생명. 엄마는 첫 만남부터 온 마음을 뺏겼다. 복실이는 늘 엄마가 곁에 있어야만 밤잠을 자고 엄마의 손길에 잠에서 깬다. 처음 우리 가족이 되었던 그날부터 지금까지.

엄마는 기운 넘치던 복실이의 성화를 이기지 못해 매일같이 앞산을 올라야 했다. 그 산책이 엄마의 마음 깊은 곳에 자리했던 우울한 감정을 씻어주었다. 일과가 된 녀석과의 산책 덕분에 엄마는 눈에 띄게 건강하고 밝아졌다. 산책을 나가면 내가 있어도 엄마에게만 안기겠다고 눈에 띄게 차별하는 복실이.

유난히 낯을 많이 가리고 표현이 서툰 엄마지만, 복실이와
는 많은 대화를 나누었다. 그러면서 쌓아 두었던 마음들을
풀어낼 수 있었다.

떼려야 뗄 수 없는 그 관계가 질투도 나고 서운하지만, 많
이 외로웠을 엄마에게 복실이 같은 막내가 있다는 것이 다
행이다 싶다.

다행이다.

복실이에게
우리 엄마가 있다는 것도.

살아 있음에

복실이의 심장이
다른 아이들보다 작고 약하다는 건
중성화수술 때 알았다.

수술이 끝나고 깨어날 시간이 지났지만
눈을 뜨지 못했던 녀석.
생각지도 못한 초조함에 안절부절못했다.

의사는 그런 나에게
마음의 준비를 해야 할 것 같다고 했다.
어떻게 하면 그 준비라는 것을
그렇게 빨리 할 수 있는 걸까.

"숨 쉽니다. 복실이 괜찮아요."

다행히도 잘 이겨내고 돌아온 복실이.
십 년도 더 지났지만
그 순간만 떠올리면 마음이 찰랑거린다.

최근 들어 잦아진 위험한 순간마다
당황스럽고 무섭고 자책감이 들었다.

그렇게 생사를 오갔으면서도
무슨 일 있었냐는 듯
꼬리를 흔들고 얼굴을 핥아주는 녀석을 보면
금세 웃음이 번진다.

지금 살아 있으니,
이렇게 마주보고 있으니 된 거라고,
있는 힘껏 진심으로 하루를 살아 있으라고,
작은 생명이 알려준다.

잊지 않으면
잃지 않아

복실이가 보고 싶다며 일본 친구 미와가 바다 건너 먼 길을 한달음에 달려왔다.

미와는 매일 함께하는 내가 보기에도 안쓰러울 정도로 늙고 초라해진 복실이와 눈을 맞추고 부드러운 목소리로 인사를 건네면서 가만히 어루만졌다.

복실이는 몇 년 만에 다시 만난 미와의 손길을 피하지 않고 눈만 끔뻑거렸다. 아는 건지 모르는 건지 알 수 없는 표정으로 미와가 주는 간식을 받아먹고, 카메라를 바라보며 함께 사진도 찍었다. 미와의 거짓 없는 손길과 표정이 깊은 위로가 되었다.

외동딸인 미와에게는 혼자인 외로움을 달래준 동생이기도 했던 시바견 페코가 있었다. 둘은 함께 발을 맞춰 걷고 같은 추억을 쌓았다. 언제나 함께 잠들며 열여덟 해의 긴 시간 동안 사랑을 주고받았다.

두 해 전 어느 날, 미와에게서 짧은 메시지 하나가 도착했다. 몇 글자 되지 않는 문장에서 깊은 슬픔이 느껴졌다.

페코가 하늘나라로 갔어.

언젠가는 떠나게 될 것을 짐작하고 있었지만 막상 그 순간을 마주하자 숨이 턱하고 막혔다. 미와에게 페코가 어떤 의미인지 잘 알고 있었기에 위로의 말도 꺼낼 수 없었다. 옆에서 함께 슬퍼할 수 없어서, 이렇게밖에 할 수 없어서 답답했다.

그때 문득 언젠가는 나도 맞이하게 될 복실이와의 이별을 떠올리면서 두려웠다.

페코는 무지개 다리를 건널 때가 가까워지자 걸음을 뗄 때마다 이리저리 부딪혔다고 한다. 그마저도 걷지 못하게 되면서 누워서 대소변을 봤고, 결국 곡기를 끊더니 영원히 눈을 뜨지 못했다.

이후 계절이 두 번 바뀌었지만 미와는 여전히 페코 이야기를 할 때마다 눈시울을 붉힌다. 페코를 꼭 빼닮은 무기라는 강아지를 새로 들이며 미와는 웃음을 되찾았다. 페코에게 그랬듯, 매일 함께 산책을 하고 둘만의 추억을 쌓으며 정성을 다하고 있었다.

잊지 않으면 잃지 않는다.

영원히 기억 속에 살아 있다면
그 존재는 영원할 수 있다.

최선을 다해 사랑했던 존재를 떠나보내고 마음 깊이 슬퍼했던 미와. 페코는 미와의 기억 속에서 함께하고 있었다.

미와는 한 번도 이별을 경험한 적 없던 것처럼 무기에게
가진 사랑을 모두 주고 있다.

"복실아, 또 올게. 건강하게 지내고 있어야 해."

나흘 동안 함께했던 미와가 일본으로 돌아가던 날 복실이
에게 이렇게 말해주었다.

복실이와 미와는 다시 만날 수 있을까?
꼭 그랬으면 좋겠다.

눈빛이 맑았던 너

초롱이를 기억하며 그리워할, 난리통에 잃어버리고 찾지 못했다는 죄책감에 힘겨워할지도 모를 첫 가족들에게 닿을 수 있기를 바라며 이야기를 시작하려 합니다.

2001년 어느 여름, 그날은 마치 하늘에 구멍이라도 뚫린 듯 장맛비가 쏟아졌어요. 물난리가 난 시장의 이모네 가게로 목줄을 맨 채 흙탕물을 뒤집어쓴 작은 푸들이 들어왔어요. 살겠다고 그랬을 텐데 돌아보면 너무 기특한 것 같아요. 주인을 찾으려 여기저기 수소문했지만 결국 찾을 수 없었고, 우리가 가족이 되어주기로 결정했습니다. 눈이 참 맑고 초롱초롱해서 초롱이라는 이름을 붙여주었어요.

밝고 기운 넘치는 아이였어요. 밖에 나가겠다며 방충망을 뜯질 않나, 셰퍼드도 꼼짝 못하게 용감했고 조기축구 아저씨들이 모두 기억할 정도로 공만 보면 사족을 못 썼죠.

함께한 열여섯 해 동안 우리는 반지하방에서 아파트로 이사했고, 초등학생이던 저는 대학교를 졸업했어요. 그러는 동안 초롱이도 노견이 되어버렸어요. 가족조차 알아보지 못하는 것을 보면서 다가오는 이별의 순간을 느꼈습니다.

초롱이의 첫 가족들에게 감사의 마음을 전합니다. 초롱이 덕분에 조건 없이 사랑하는 법을 배웠거든요. 아마도 첫 가족에게서 따뜻하고 깊은 사랑을 받았을 거예요. 초롱이는 그 사랑을 저에게도 나누어 주었다고 생각해요.

눈빛이 맑았던 초롱이와 마지막 가족의 이야기가 위로와 추억을 드렸으면 좋겠습니다.

오늘도,
오늘 더

다시 한 번 맞이한 우리의 새해.
슬기로운 노년생활도
어느덧 두 번째 해를 맞이하게 됐다.

조금 더 단단해졌다 생각해도
금세 무너질 순간은 몇 번이고 찾아올 수 있다고
지나온 한 해가 알려주었다.

매일의 작은 희망에 감사했다가도
이별의 순간이 다가옴을 느끼며 좌절하고,
다시 한 번 힘을 내기로 결심했다가도
무너지며 포기하고 싶을지 모른다.

다시는 오지 않을 오늘을
있는 힘껏 사랑하며 감사해야 한다고
복실이에게서 배웠다.

그렇기에,
다가올 모든 순간은
괜찮을 것이다.

오늘도 고마워.
오늘 더 사랑해.

만질 수 있음의
소중함

복실이 눈을 찌르던 털을 정리하다 잘린 털들을 보니 예전 생각이 났다.

내가 초등학생일 때 다이어리가 유행했었다. 두꺼운 철 스프링에 속지를 꾸며 경쟁하듯 끼워 넣고 스티커를 사다 이곳저곳에 붙이면서 뿌듯해했다. 맨 뒤에는 남은 동전이나 스티커를 넣는 주머니가 있었는데 나는 거기에 복실이의 털을 조금씩 잘라 넣어 다녔다.

수업 중에도 복실이가 떠오르면 슬쩍 손을 넣어 곱슬곱슬한 털을 만지곤 했다. 집으로 돌아가면 실제로 보고 만질 수 있다는 생각에 마음이 살랑거렸다.

시원하게 밀어줘도 두 달 정도만 지나면 짧았던 적이 있었냐는 듯 풍성하게 자라 있던 복실이의 털. 나이가 들고는 좀체 자라지 않아 더 왜소하게만 보인다.

언젠가는 얼마 남지 않은 이 털마저 만지지 못하게 될 날이 올 거란 생각에 괜히 섭섭해진다.

눈으로 보지 못하는 것보다 더 슬픈 것은 손으로 만지지 못하는 것이 아닐까. 이때다 싶어 복실이의 털을 조금 잘라 지퍼백에 담았다.

복실이의 털을 몇 번이나 더 잘라줄 수 있을까.

고구마 소동

별일 없이 심심하게 시간을 보내고 있던 어느 저녁. 유난히 고구마에 관심을 보이는 녀석에게 그릇째 내밀어 주자 고개를 박고 허겁지겁 먹는다.

녀석은 어릴 때도 장난감엔 도통 관심이 없고 먹는 것을 가지고 노는 것을 좋아했었다. 텔레비전과 휴대폰을 번갈아 보는 사이 고구마 한 개가 감쪽같이 사라져 있었다. 예전의 먹성 좋은 모습을 다시 보게 되어 흐뭇한 마음이 들었다.

시간이 얼마나 지났을까. 갑자기 비명에 가까운 울음소리가 울렸다. 돌아보니 고개를 박고는 괴로워하며 몸을 비비고 이리저리 돌고 있었다. 안고 도닥여주면 좀 괜찮다가도 내려주면 다시 괴로워하길 두어 번. 한참을 힘겨워하다 겨우 잠이 들었다.

이제는 어떤 상황이 와도 이상하지 않다는 생각을 늘 하지만, 막상 오늘 같은 상황을 마주하면 심장이 바닥으로 떨어지는 것만 같다.

언젠가 동물병원 의사에게서 들었던, 마음의 준비라는 것. 가능하긴 한 걸까. 문득 궁금해진다.

다행히 잘 잔다 싶더니 새벽같이 깨어나서는 서럽게 울어댄다. 왜 이렇게 증상이 심해진 것인지 영문을 알 수 없어 답답했다.

"어제 고구마 먹었다며. 복실이 입 속에 뭐 없는지 잘 살펴봐. 달라붙어서 그랬을 수 있어. 잘게 나눠서 줘야지 어쩌자고 통째로 준 거야."

어제 먹였던 고구마가 문제 아니냐는 엄마의 말.

아니나 다를까, 입 속에는 한눈에 봐도 도톰한 크기의 고
구마가 붙어 있었다. 제 힘으로 떼어낼 수는 없는데 표현
도 못하고 있던 녀석을 눈치 없이 안고 달래주기만 했다.
복실이는 그런 내가 얼마나 답답했을까.

녀석을 괴롭히던 고구마가 사라지자 벌컥벌컥 물을 들이
킨다. 그 모습을 보니 속이 시원하면서도 멋쩍은 마음에
웃음이 나왔다.

아이고, 누나가 바보다, 바보야.

늘 곁에서
지켜주고 싶지만

CCTV 영상에서 복실이가 보이지 않았다.

지하철에서부터 발을 동동거리다 집에 도착해서는 급하게 현관문을 열고 녀석부터 찾았다.

낑낑거리는 소리가 나는 쪽을 따라가 보니 텔레비전 진열장 뒤 그 좁은 공간에 몸이 끼인 채 뒤집어져 있었다. 어쩌다 이런 좁은 곳이 들어간 건지. 속상한 마음에 눈물이 왈칵 쏟아졌다.

애꿎은 진열장에 원망을 한참 동안 쏟아냈다. 녀석은 무섭고 힘들었을 텐데도 내 눈치를 보며 주눅 든 표정이다.

끼인 몸을 빼내려 한참을 씨름하다 오줌을 참지 못하고 제 몸에 쌌던 모양이다. 온몸이 젖은 녀석을 품에 안고 괜찮다고 말하며 다독여줬다.

영상을 다시 돌려보니 가족들이 집을 비운 뒤 얼마 지나지 않아서 물통 근처에 갔다가 그 사달이 났던 거였다.

나이를 먹은 복실이가 할 수 없게 된 것 중 하나가 뒷걸음질이다. 그냥 간단한 뒷걸음질이면 충분히 나올 수 있었던 상황인데.

따져보면 족히 한나절은 그렇게 있었을 터. 따뜻한 물로 씻겨주니 유난히 길었을 하루의 고단함이 몰려왔는지 곤히 잠들었다. 잠든 녀석을 바라보니 마음이 시리다.

마음 같아서는 하루 종일 데리고 다니고 싶은데. 아니면 엄마가 집에서 좀 봐주면 좋으련만 엄마도 일을 하러 가야 하는 게 괜히 원망스럽다.

집에 있는 인형들을 모두 그러모아 거실에 있는 가구 뒷쪽
모든 공간에 우겨넣었다. 그것만으로는 부족할 것 같아 울
타리와 매트도 주문해 거실 안에서만 안전하게 다닐 수 있
게 했다.

여기저기 거칠게 끼워진 인형들을 보고 있자니 마음이 몽
글몽글해진다.

흐려진 네 눈을 선명하게 해줄 순 없지만, 늘 붙어 있으면
서 하나하나 챙겨줄 수는 없지만, 늘 곁에서 빈틈없이 지
켜주고 싶지만, 그게 다 마음뿐인 것을.

외롭고 어두운 네 하루의 무게를 함께 나눠 질 수만 있다
면. 그럴 수만 있다면….

가려지지 않는
세월의 흔적

나이가 든다는 것은 동물에게도 쓸쓸한 일일 터.

어리고 작은 강아지라면
어딜 가나 예뻐 죽겠다는 시선을 한 몸에 받지만
늙은 강아지는 그렇지 않다.
어기적어기적 느리게 걷는 모습을 보는
사람들의 짠한 눈빛이 느껴진다.

새로 산 알록달록한 옷을 입고 예쁘게 미용도 했지만
그것으로는 가려지지 않는 것이 세월인가 보다.

괜히 속상한 마음이 들어 슬쩍 쓰다듬는다.

늙은 개는
눈으로 말한다

베란다 쪽을 한번 보고는 나와 눈을 맞춘다.
문을 열어달라는 말이다.

어디서 쇳소리가 나 돌아보면 원망스럽게 바라보고 있다.
이런, 네 물그릇이 비었구나.

동물병원에서 주사라도 맞으려면
진료대 위에서 금방이라도 울 것 같은 눈망울을 한다.

외출을 준비하는 소리만 들려도
만사가 귀찮은 듯 누워 있다가도 지그시 바라본다.
"또 나만 두고 나가려고?"라는 눈빛.

이제는 말을 하지 않아도
서로의 눈빛을 읽게 된 것을 보니
함께한 시간이 길긴 했구나.

켜켜이 쌓인 시간이 가져다준 순간들.

발맞춰 걷기

가깝고 익숙한 집 앞에서 함께 걸음을 맞춘다.

폴짝폴짝 가벼운 발걸음으로 다가가 서로 킁킁거리며 인
사하고 장난치는 강아지들 사이로 느릿느릿 무거운 발걸
음을 옮기는 복실이가 지나간다.

기운이 없어 온종일 누워 있던 개의 기분전환에는 산책만
한 것이 없다. 오고가는 길은 유모차에 의지해야 하고 몇
걸음 옮기다가도 털썩 엎어지곤 하지만 우리가 함께인 이
순간은 행복하기만 하다.

서로에게 유일한 존재가 되는 지금.
기분 좋은 책임감.

힘들어하면 안아주고 종알종알 얘기하면서 바람을 쐰다.
서로 눈을 맞추면서 우리만의 끈끈한 연대를 느낀다. 마냥
어린 강아지일 때는 느낄 수 없던 행복이다.

눈부시고 초롱초롱했던 시간들을 봤기에 지금의 모습이
예쁘다고 할 수는 없다. 하루가 다르게 삐거덕거리는 제
상태가 당황스러울 녀석을 생각하면 그런 생각조차 미안
해진다.

지나온 열일곱 해는 녀석에게서 많은 것들을 가져갔지만,
우리가 함께한 동안 무엇과도 바꿀 수 없는 추억이 만들어
졌다.

혀를 내밀고 헤헤 웃던 녀석은 그새 지쳤는지 둔해진 걸음
으로 힘없이 바라본다.

그래, 이제 들어가자.

산악견 복실이

청춘이던 복실이의 추억이 여기저기 남아 있는 초안산. 계절에 따라 옷을 갈아입는 산을 보는 것도, 한껏 신명난 발걸음으로 주인을 따라온 강아지들을 만나는 것도 좋았다.

산을 오를 때마다 복실이의 잔뜩 신난 뒤태를 보면 덩달아 기분이 맑아져 입꼬리가 올라갔다. 그러면 복실이도 웃는 표정으로 나를 바라보았다.

좀 천천히 가라고 말하면 저만치 앞서가던 녀석도 멈춰서 기다려주었다. 열심히 오르다가 벤치에 앉아 바람을 쐬고, 다 올라가야 만날 수 있는 정자에서 집을 내려다보고, 내려갈 땐 안아주기도 하면서 참 행복했다.

쭉 뻗은 긴 다리에 살짝 잡힌 허벅근육, 작지만 탄력 있게 솟은 엉덩이. 배는 좀 나왔어도 도도한 걸음걸이는 유난히 뒤태를 강조했다.

특유의 발걸음 때문에 실룩샐룩 걷는 것을 보면서 "복실이, 하이힐 신었어? 산에서는 운동화 신어야지"라며 놀렸었는데.

녀석은 항상 뒤도 안 돌아보고 제 길을 가다 한 번씩 잘 따라오고 있는지 확인했다. 그러면 비굴하게 조금만 천천히 가라고 부탁하곤 했다. 어찌나 산을 잘도 타는지 지금도 그 산책로를 보면 그때의 복실이가 필름처럼 흐른다.

"복실아, 기억나? 네가 저길 막 올라갔던 거."

어두워진 귀에 대고 속삭여본다. 묘한 표정으로 바라보기만 하는 복실이를 보니 코끝이 시큰해진다.

우리,
제주도 가야지

모처럼 날씨가 좋아도 유모차에 태워 바람만 살짝 쐬고 돌아와야 하는 요즘에는 복실이와 제주도로 여행을 떠나는 상상을 하곤 한다.

푸른 잔디, 곧게 뻗은 나무들, 싱그러운 흙내음 그득한 곳에서 마음껏 뛰어노는 그런 여행. 나이가 들고 아프면서 자연스럽게 살이 빠져 그토록 바라던 기내 탑승 기준을 맞출 수 있게 됐는데 멀리 갈 수가 없으니 아쉬울 따름이다.

복실이가 새끼일 땐 정말이지 초등학생 손바닥 크기여서 한 손으로도 쉽게 들어 올리곤 했다. 이름처럼 복스럽게 잘 먹고 잘 싸고 잘 자더니 오래도록 통통한 체격을 유지했다.

한 팔로 두 다리를 받치고 다른 팔로 몸을 감싸 안으면 5분도 채 안 돼 어깨와 팔목이 저렸다. 무릎에 앉힐 때면 항상 쥐가 났는데 어쩔 수 없이 엉기적거리며 쥐가 난 발을 펴 주물대 보지만 또 쥐가 나길 반복했다. 무거워하는 줄도 모르고 무릎 위에 앉길 참 좋아하던 녀석을 뿌리치기가 힘들었다.

그땐 좀 지쳤다 싶으면 어느 때고 불쌍해 보이는 눈을 하고 나를 올려다보았다. 못 본 척 고개를 돌리면 기어코 몸을 일으켜 세워 안아줄 때까지 두 발로 내 다리를 긁으며 낑낑 보챘다. 그러면 뭐 안아줘야지 별 수가 없다. 구박과 함께 어깨에 들쳐 메듯 안았다.

집으로 가는 엘리베이터를 타고 복실이를 안은 내 모습이 자연스러워 웃음이 났다. 이젠 강아지를 쓰다듬거나 안는 모습만 봐도 반려동물을 키우는지 아닌지 알 수 있으니 나름 프로가 된 셈일까.

난 괜찮은데

귀가 어두워진 지금은 증명할 수 없지만 푸들 특유의 좋은 머리 덕분에 말귀가 밝아 의사소통에서 요긴했다. 어린 아이 대하듯 표현하다 보니 낯 간지러워 쓸 수 없는 표현들이 복실이에게는 자연스럽게 나오곤 했다.

"아이 이쁘다 할까?"라며 목욕을 시키려 하면 씻는 것을 싫어하는 녀석은 침대나 식탁 밑에 숨기 바빴다. 발 하나를 잡고 끌고 나오면 세상 다 잃은 표정으로 억울해했다.

"맘마 줄께"라고 하면 며칠은 굶은 듯 나와 허겁지겁 그릇을 싹 비워냈다. 다른 건 몰라도 이 말만큼은 여전히 격하게 반응한다.

"가자"는 말에는 기분에 따라 그때그때 다르게 반응했다. 며칠 산책을 못한 날엔 꼬리를 살랑살랑 흔들며 부리나케 현관문 앞에 서 있었지만 잠에 취한 아침에는 미동도 없이 만사가 귀찮은 듯 누워만 있었다. 그럴 때면 보쌈 하듯 데려오곤 했다. 아침 공기에 잠이 깨 총총 걷던 복실이.

귀도 어둡고 반응하는 것도 예전 같지 않아 알아듣기는 하는 건지, 내 마음을 아는지 알 길이 없지만 사랑한다는 표현만큼은 더욱 자주 해준다.

맛있는 것을 먹을 때 더 이상 귀찮게 하지 않고, 백내장이 온 눈에 안약을 넣어도 크게 거부하지 않는다. 약을 밥에 섞어도 잘 먹는 건 가장 다행스럽고 좋다.

눈이 보이지 않고 귀가 어두워진다는 것이 어떤 느낌일까. 얼마나 큰 상심이고 고통인지 짐작할 수 없다.

마음껏 불편하게 해도 괜찮은데.

그렇게
오늘이 왔다

복실이의 다리는 육중한 몸을 잘 지탱했다. 몸에 비해 다리가 길고 가는데 어릴 때는 관절에 무리가 가는 줄도 모르고 펄쩍펄쩍 뛰어오르는 복실이가 자랑거리였다.

식탁 의자는 물론이고 소파도 번쩍번쩍, 사람도 다리를 들어 올리고 기어 올라가야 하는 안방의 높은 침대까지도 발구름도 별로 하지 않고 순식간에 뛰어올랐다.

다리 힘이 좋으니 기어 다니는 것도 곧잘 해서 누군가의 언성이 높아진다 싶으면 내 방 침대 밑에 숨어 있다가 분위기가 진정되면 나오곤 했다. "복실이 들어갔잖아"는 싸움을 끝내자는 신호였다. 녀석이 중재 역할을 톡톡히 한 셈이다.

달리는 속도와 뛰는 높이가 아주 서서히 줄어들었지만 크게 체감하지 못했다. 여전히 잘 걷고 뛰기도 했으니까.

녀석이 열두 해를 살았을 때도 나이로는 노견이었지만 크게 아픈 곳이 없었다. 여느 때처럼 산책을 위해 침대에 복실이를 올려놓고 옷을 입히고 있었다. 다리에 옷을 끼우려는 찰나 엄마의 소리를 들은 녀석이 뛰어내렸다.

정말 아플 때만 내는 소리가 한참동안 이어졌다. 가끔 삐끗해도 좀 절다가 괜찮아지곤 했는데 한참이 지나도 다친 다리를 쓰질 못했다. 괜히 옷을 입혔다며 자책하고, 침대에 올렸다고 후회하고, 엄마가 갑자기 왔다며 남 탓도 했다.

병원에서의 검사 결과는 심각했다. 수술이 필요한 상황이지만 수술을 마쳐도 예전처럼 다리를 쓸 수 있을지는 재활을 해봐야 알 수 있다고 했다. 최악의 경우 수술을 받더라도 다리를 쓸 수 없을지도 모른다고도 했다. 그렇게 될 확률이 적지 않다는 말과 함께.

심장이 작고 약한 녀석이라 잘못될 위험이 있었지만 걷지 못한 채 통증에 소리치는 것을 두고 볼 수 없었다.

제법 시간이 흘렀다. 의사는 쉽지 않은 수술이었지만 잘 끝났고, 십자인대가 잘 붙으면 다시 걸을 수 있을 것 같다고 했다. 정말 다행이었다. 깁스를 한 채 품에 안긴 모습이 안쓰러운데 귀여웠다.

꼬박 서른 번의 밤을 보내고서야 깁스를 풀 수 있었다. 귀찮던 산책길이 이렇게 행복할 수 있을까. 그냥 걷는 모습도 그렇게 사랑스러울 수 없었다.

흔들리고 나서야, 잃을 수도 있다는 불안함을 느낀 뒤에야 깨닫는 일상의 감사함이라니. 때론 지루하리만큼 평범한 하루도 실은 이러한 불행 속에 살아남은 날들임을 새삼 깨달았던 기억이다.

다시 주어진 기회

지난해 봄, 루비가 갑자기 호흡을 제대로 하지 못했어요. 게다가 심한 경련에 발톱마저 빠져서 무척이나 고통스러워했죠. 동물병원에서는 약도, 물도 반응을 보이지 않는 녀석에게 안락사 대상이라고 했어요.

18년을 살아온 만큼 떠나보낼 수도 있겠다는 마음의 준비를 한 상태였죠. 하지만 현실로 마주하니 마음이 한없이 무너져 내렸습니다. 제 명대로 살게 해주고 싶다는 마음이 들어 집으로 데려왔어요. 일어서지도 못하고 물도 마시지 못했습니다.

혀에 물을 적셔주고 기저귀를 채워주면서 돌보기를 사흘. 기운이 돌아오는지 혼자 힘으로 서려고 했어요. 그러면서 밥도 먹기 시작했고 기어가듯 움직이게 됐죠. 사실 의미 없이 배회하고 불러도 오지 않는, 전형적인 치매 증상도 함께 보였지만 그마저도 감사했습니다.

말을 듣지 않는 제 상태가 싫었던 걸까요. 시간이 지나면서 다시 일상으로 돌아와주었습니다. 사료도 한 그릇을 깨끗이 비우고, 반갑다고 아는 척도 하네요. 만약, 그때 루비를 포기했더라면… 생각만으로도 아찔합니다. 그렇게 루비는 우리에게 다시 한번 기회를 주었어요.

아직도 기저귀는 세 박스나 남았는데 대소변을 악착같이 잘 가리고 있습니다. 부자가 아니어서 물질적인 부분에 늘 갈등하고 고민하며 미안했지만 이것만큼은 기쁜 일이에요.

기적같이 주어진 시간에 감사하면서 지금까지 그랬듯, 언제가 될지 모를 그 끝까지 함께하려 해요.

늙음과 죽음을
대하는 자세

형제들 중에서도 눈에 띄게 잘 먹고 튼튼했던 복실이. 노화로 인한 증상은 불과 한두 해 사이 갑자기 나타났고 속수무책이라는 점이 슬펐다.

그랬던 적이 없는 녀석에게 차례로 이상이 생기자 가족은 안절부절하지 못했다. 그러나 정작 늙고 아픈 개는 약해진 숨으로 가만히 누워 평온하기만 하다.

개는
네 발로 온 스승이래요.

반려견을 먼저 떠나보냈던 이웃의 말.

처음에는 무슨 말일까 싶었다. 생로병사를 대하는 복실이를 보면 분명 배울 점이 있다는 걸 느끼게 된다.

내가 보기에 별 것 아닌 순간들도 녀석은 진심을 다했다. 그 표현은 어찌나 많고 맑은지. 또 한결같았다. 짧은 생을 살면서도 겸허히 늙어가며 위로를 주고 홀연히 떠나려 한다.

그래서일까, 늙어버린 개와의 하루가 그 어느 때보다 소중하고 감사해 놓치고 싶지 않다. 나란 인간은 포기가 잘 안된다. 할 수 있는 만큼 노력하고 싶고, 정해진 시간보다 하루만 더 우리가 함께할 수 있었으면 하고 욕심을 부린다.

별 것 아닌 순간들을 특별하게 보내는 법을 이 늙은 개가 알려주었다. 정말로 사랑한다면 어리고 예쁠 때만이 아닌 늙고 아플 때조차 옆에 있어줄 수 있어야 한다는 것도.

시간이 얼마 없으니 최선을 다해 사랑해주겠다고, 옆에 있어주겠다고 약속한다.

어느 금요일

"어디냐, 복실이 기다리니 얼른 들어가라."

오랜만에 큰맘 먹고 나선
평일 저녁 외출의 달콤함을 깨는
엄마의 잔소리.

늘 알아서 일찍 들어가고 있는데.
옭아매듯 버거웠다.

엄마는 알고 있을까?
만나자는 친구의 갑작스런 연락에도
난 복실이의 안부를 먼저 챙겼다는 것을.

내내 자고 있는 것까지 확인하고
이 만남에 집중하고 싶었다.
불편한 마음으로 앉아 있는다면
친구에 대한 예의도 아닐 테니.

사실 적잖이 지쳐 있었다.
복실이의 고통을
마음 깊이 이해하고 있지만,
그 무엇보다 소중한 존재인 것은 맞지만.

얼마 지나지 않아 다시 울리는 전화.
처음엔 시끄러워 못 받고,
그다음엔 일부러 안 받았다.

그럼에도 한 번 더 울리는 전화.

불현듯 무서워지는 마음에
곧바로 뛰쳐나가 전화를 걸었다.

복실이가 이상하다는 엄마의 말.
물통 밑에 쓰러져 미동도 없다는 것이다.

가게 일을 접고
집으로 돌아가는 중이라는 엄마에게
아무 말도 할 수 없었다.

부리나케 택시를 타고
집에 가면서 간절히 기도했다.

내 기도 덕분이었을까,
다행히 복실이는 움직이고 있었다.

택시 속에서 본 CCTV 화면 속 엄마는
복실이를 품에 안고 한참을 울먹이고 있었다.

제발…
안 돼.

다시는 복실이를 홀로 두지 않겠다고 다짐했다.
그날, 그렇게 복실이가 갔다면…
후회하고 또 후회했다.

더는 미안해지지 않아야겠다고,
함께 있을 수 있을 만큼 함께 있겠다고,
최선을 다해 지키겠다고
다짐하고 또 다짐했다.

미안해,
많이 외로웠지

늙은 개의 하루는 한없이 느리고 불안하다. 축 늘어진 채 좀처럼 깨지 않는 잠을 자다가 숨소리가 거칠어진다. 무겁게 일으킨 몸으로 몇 발자국 걷다가 갑자기 다리가 풀려 바닥에 몸을 쿵 찧는다. 아파요, 힘이 없어요, 우울해요… 표현도 않고 담담히 늙어가는 복실이. 희끗해진 눈망울로 볼 뿌옇게 변한 일상이 얼마나 답답할지. 물을 마시고, 누울 곳을 찾는 사소한 행동조차 기억을 더듬어 겨우 해내는 녀석.

녀석이 바라는 것이라곤 가족이 곁에 있어주는 것뿐인데. 그걸 채워주지 못함이 미안할 뿐.

한밤중
동물병원

한밤중 갑자기 시작된 경련.

어디를, 뭘 보고 있는 것인지 알 수 없는
불분명한 초점을 하더니 몸이 뒤틀리기 시작했다.
그땐 옆에서 할 수 있는 게 아무것도 없었다.
굳어버린 복실이의 몸을 열심히 주물러줄 뿐.

가게에 있는 엄마에게 전화해 얼른 와야겠다고,
복실이가 이상하다고 소리쳤다.

늙은 녀석과의 일상에
나름대로 적응이 됐다고 생각했는데.

자정이 조금 넘은 시간에 도착한 동물병원.

"많이 늙었네요."

대수롭지 않다는 듯 바싹 마른 낙엽처럼
건조하게 말하는 의사.

엑스레이 소견으로는 정밀검사가 필요하긴 한데,
그러려면 돈이 많이 들고 나이도 있어
충분히 있을 수 있는 일이라며 영양주사만 권했다.

무엇이 되었든 좋다는 건 다 해주고 싶은 마음이지만
오히려 그것이 무리가 되는 나이.

"이젠 어쩔 수 없어요."

나도 할 수 있는 말을
비싼 돈을 주고 듣고 왔다.

병원 문을 열고 한 걸음 들이기만 해도
5만 원씩은 우습게 올라가는 검사비와 진료비를 보면
솔직히 힘이 빠진다.

녀석은 이렇게 아픈데,
생사를 가르는 고통을 견뎌내고 있는데.

나는 주머니 사정을 걱정할 수밖에 없는 현실.

벼랑 끝에도
꽃은 피더라

휘어진 다리, 어기적 내딛는 걸음, 조금도 참지 못하는 배변. 미처 장애물을 발견하지 못해 철퍼덕 넘어지고 구석에 갇힐 때마다 의연하게 손을 내민다. 우리에겐 남은 시간이 그리 많지 않으니까. 지금은 같이 슬퍼하기보다는 언제나 곁에 있겠다는 믿음을 주는 것이 필요할 테지.

거스를 수 없다면 받아들이고 매 순간을 소중히 하는 것. 죽음을 앞둔 삶을 그 옆에서 배우고 있다.

의젓하게 이런 다짐을 새기다가도 새벽녘 거친 숨소리에 밤잠을 설치면서 두려움에 떨게 된다. 복실복실한 털에 볼을 대고 속삭인다.

조금만,
조금만 더
곁에 있어줘.

녀석은 대부분의 시간을 누워 지낸다. 그렇게라도 옆에만
있어준다면 바랄 것이 없겠다고, 나름의 평화를 찾았다고
생각했는데 이제는 자는 모습마저 불안해졌다.

힘없는 숨소리가 이어지다 이내 당장이라도 숨이 넘어갈
듯 거칠게 몰아친다. 아무 소리도 없이 자고 있으면 배 쪽
이 올라갔다 내려갔다 하는지 확인하고, 그것마저 잘 안
보이면 코와 심장에 손을 대본다.

겨우 안도하다 이내 불안해지는 순간들. 내 속도 모르고 코
를 골며 꿈나라로 가서는 동그랗고 조그만 발을 꼬물꼬물
거린다. 그렇게 자는 모습은 바라보고만 있어도 행복한걸.

단 한 가지 부작용은 쥐도 새도 모르게 잠이 든다는 것.

눈 감았다 뜨면 다음 날 아침이 되어 있기 일쑤여서 할 일
이 있을 때 복실이 옆에 눕는 건 금기사항이다.

잘 지켜지지 않아서 문제지만.

치매라니

머리를 갸우뚱 기울인 채
한쪽으로만 빙글빙글 도는 녀석.
이전에는 본 적 없던 행동에
불안해서 미칠 것 같았다.

엄마에게 급하게 영상을 보낸 후
녀석을 품에 꼭 안았다.

어디서 그런 힘이 나오는지
있는 힘을 다해 발버둥을 친다.
어쩔 수 없어 놓아주면 의미 없이 돌며 부딪혔고,
안아주면 발버둥을 치길 서너 번.

치매라고 한다.
개에게도 치매가 오다니.

내가 보았던 모습은 노견에게 흔히 나타나는
대표적인 증상이라고 했다.

이후 며칠을 조용히 보내나 싶었는데
잠잠했던 증상이 다시 고개를 들었다.
이번이 두 번째라 차분히 지켜보았다.

그때처럼 고개를 비틀고 빙빙 돌았다.
뜻대로 움직이지 않는 제 몸이 원망스러웠을까.
녀석의 눈에는 불안함이 가득했다.

한참을 돌던 녀석은 의미 없는 뜀박질을 하고
울타리를 향해 돌진하기도 했다.
잠깐 한눈 판 사이 오줌을 싸고는
그것을 핥기도 했다.

첫 번째 치매 증상 이후
하루가 다르게 상태가 나빠진다.

노견에게 흔한 증상이라는 지식을 채워 넣어
안쓰러움과 미안함을 덜어내려 했지만
뜻대로 되지 않는다.

불과 한두 해 전 사진 속 복실이는
신나게 산책을 하고 있다.
튼튼한 다리를 들고 오줌을 누고 있다.

우리는 서로 감정을 읽고 나누었는데,
눈빛만 보아도 필요를 알고 채워주었는데.

지금 이런 상황이 올 것을 미처 알지 못했다.
앞으로 우리는 어떤 시간을 맞이하게 될까.

공명

우리 할머니는 몇 해 전 치매 판정을 받았다. 처음엔 그저 '깜빡깜빡 하시는구나'라고 생각했다. 그러다 언젠가부터 손녀딸도, 며느리도 알아보지 못하셨다.

치매는 할머니의 취향까지도 하얀 백지로 만들었다.

무슨 일이 있어도 머리는 새까맣게 염색을 하셨고 언제나 화려한 옷을 고집하셨던, 무언가 못마땅한 듯한 표정의 우리 할머니. 치매는 할머니에게 산타할아버지 같은 새하얀 머리와 아무것도 모른다는 천진한 표정을 가져다주었다.

그런 할머니가 말없이 복실이를 쓰다듬는다.

복실이는 할머니의 상태를 이해하지는 못해도 뭔가 비슷하다고 느끼는 것 같았다. 할머니와 복실이는 서로 닮아 보였고 서로를 편안하게 느끼고 있었다.

사실 할머니는 강아지를 좋아하지 않으셨다. 이제는 그런 취향조차 잊으신 듯했다. 주름진 손으로 연신 복실이를 쓰다듬는 할머니와 그런 할머니 손을 뿌리치지 않고 가만히 머물러주는 복실이.

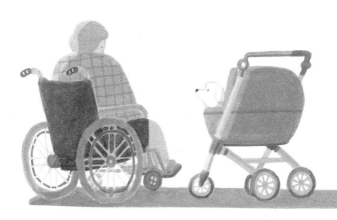

복실이의 노화를 겪으면서 매일 아침 치매에 걸린 할머니를 찾아가 기저귀를 갈아주고 식사를 챙겼던 아버지의 마음을 알게 됐고, 가족을 기억하지 못하는 할머니의 뒷모습을 이해하고 싶어졌다.

곱슬곱슬 하얗게 센 파마머리, 굽은 등, 기운은 없지만 평온해 보이는 자세. 가끔 먼 곳을 바라볼 때 나오는 슬픈 표정. 좀처럼 움직이지 않는 모습에 하얗게 세버린 머리색까지 닮은 노인과 노견.

웃음이 났다가도 눈물이 날 것 같아 고개를 돌리고 딴청을 했다. 그리고 잊지 않으려 열심히 기억 속에 담아 본다.

그렇게
쉬운 일이 아니다

늘은 개와 함께하는 하루는 지치고 외롭다. 예쁜 옷을 입고 주인과 뛰어노는 수많은 개들 사이 어기적어기적 걷는 개와 보조를 맞추다 집에 들어오면 뛰어다니던 때보다 더 힘이 든다.

제자리걸음 같은 산책은 "어디 아파요?" 또는 "저 강아지는 많이 늙었나봐" 같은 유쾌하지 않은 소리에도 익숙해져야 하는 일이기도 하다.

마지막 순간까지, 함께했다는 그래서 잘 이별했다는 얘기를 들은 적이 별로 없다. 시골집에 보냈다거나 형편이 되질 않아 누군가에게 주기도 한다.

이유도 다양했다. 말을 안 들어서, 시끄러워서, 똥오줌을 못 가려서 등등.

이런 말들을 너무 쉽게, 빨리 한다.

형편이 되지 않는다면 미안하지만 시작을 하지 않았어야 했고, 말을 듣지 않는다면 인내심을 갖고 교육을 시키면 된다. 처음 몇 번의 실수만 이해해주고 반복훈련만 하면 해결되는 일이다. 그럼에도 그럴 생각도, 의지도 없이 포기하고 만다.

한 생명을 끝까지 책임진다는 것. 나를 세상의 전부로 아는 작고 힘없는 생명이 주어진 생만큼 살다 갈 수 있는 것이 당연했으면 좋겠다. 짧은 생일지라도 따뜻함을 주고받기를, 버리고 상처받지 않았으면 싶다. 그런 우리라면 나의 늙음 또한 두렵지 않고, 타인의 늙음도 존중할 수 있을 것이므로.

사랑하기
좋은 날

밥을 주고 산책을 하면 땡이었던 일상이 몇 배는 불어난 느낌이다. 자다 일어난 녀석을 얼른 안아 볼일을 보게끔 하고, 볼일을 보고 나면 발에 묻지 않게 또다시 안아 올린다. 당연한 일상에 거쳐야 하는 단계가 많아졌다.

사료와 간식을 던져주면 그만이던 때가 가물가물하다. 앞니가 모두 빠진 뒤로는 단호박과 다진 고기를 사서 찌고 동그랗게 뭉쳐놓은 뒤 냉장고에 넣어둔다. 끼니마다 한 개씩 꺼내 데우고 쿠싱약과 영양제 두 개를 넣고 잘 섞어 준다.

편히 먹을 수 있게 눈높이에 그릇을 놓고 남김없이 먹도록 숟가락으로 모아준다. 그러면 여기저기 묻히면서도 용케 비워낸다. 휴지로 얼굴에 묻은 단호박을 닦아주고 물을 먹을 수 있게 물통을 가까이 옮겨준다.

손길이 안 닿는 데가 없다며 투덜대다도 금세 미안해진다. 곤히 잠든 녀석의 얼굴을 보며 베란다에 내놓으면 꽁꽁 참았던 방광을 풀고, 물통에 얼굴을 대주면 혀라도 몇 번 내밀고, 맨날 똑같은 사료에 약을 넣어 줘도 약해진 이로 최선을 다해 먹느라 고생스러웠겠구나 싶다.

예전에는 알지 못했던 오늘. 사랑하기 딱 좋은 날이다.

내 안의 감정

복실이와 함께한 열일곱 해 동안
다른 생명을 내 몸같이 아끼고
소중히 여기는 경험을 했다.

때론 불안하고 아팠고
힘에 부칠 때고 있었고 무거운 일이기도 했지만,
이제껏 느껴보지 못했던 감정이었다.

사랑으로 충만한 기분.

그리고 그 사랑이
한없이 깊어지고 넓어지는 경험.

불편함을 감수할 줄 알게 되었고
희생을 기꺼이 받아들였고
내 것을 나누고 배려했던 경험은
가족을 비롯해 나를 둘러싼 모든 관계
그리고 동물들을 대하는 밑거름이 되었다.

거리의 고양이와 눈을 맞추고
잔뜩 겁먹은 듯 꼬리를 내린 채 주인을 찾는 강아지에
손을 내밀게 되었다.

늘 곁에 있었던 작고 힘없는 생명에
마음 한켠을 내어줄 수 있게 되었다.

관심을 가지니 그 사랑을 실천하는 사람들이
눈에 들어오기 시작했고
더불어 산다는 것의 아름다움이 무엇인지
왜 그렇게 살아야 하는지
이제야 깨닫게 되었다.

휠체어를 탄 개

우리 집 강아지 복길이는 눈이 보이지 않고 귀도 들리지 않아요. 감각이 사라져 좀처럼 꼬리를 흔들 수도 없죠. 게다가 다른 강아지들처럼 뛰어놀지도, 걷지도 못해요. 우리 복길이는 제 몸집만 한 휠체어를 달고서야 겨우겨우 움직입니다.

복길이는 제가 초등학생이던 때부터 20년 넘게 함께하고 있어요. 먼저 키우던 강아지는 서울로 이사하면서 잃어버리고 말았어요. 식구들은 백방으로 수소문을 하며 찾았지만 결국 다시 만나지 못했죠. 얼마 뒤 엄마는 솜뭉치 같은 새끼강아지를 데려왔습니다. 그 녀석이 바로 복길이었어요.

조그마한 녀석이 눈에 보이지도 않을 정도로 꼬리를 세차게 흔들었어요. 그러면 조용하던 집안 분위기가 그 녀석의 재롱에 환해지곤 했어요. 재수를 할 때, 그리고 대학생활을 할 때, 언니가 신림동 생활을 할 때, 그러다 첫 직장을 다니며 지쳐 쓰러져 잠들 때, 결혼을 하고 조카들이 태어날 때 그 모든 순간에 복길이가 있었습니다.

이제는 약간만 쌀쌀해도 덜덜덜 온몸을 떠는 게 영락없는 노견이지만 아기 같아요. 물론 고충도 크지요. 휠체어의 도움 없인 아무것도 하지 못하니까요. 녀석의 똥오줌도 일일이 짜내줘야 합니다. 그러지 않으면 욕창이 생기고 오줌이 차거든요.

다른 노견의 사연을 볼 때면 복길이가 떠올라 눈물이 났어요. 자그마한 바람이 있다면, 우리 아가가 자라는 모습을 복길이와 함께 지켜볼 수 있었으면 하는 겁니다. 오늘도 휠체어를 달그닥거리며 제 곁에 머물기 위해 애쓰는 녀석은 존재 자체로 감사를 느끼게 합니다.

너의 의미

우쿨렐레를 배우기 시작했다.

주로 익히는 곡은 동요나
부모님 세대가 좋아할 포크송이다.

투박하고 단순한 코드 반주라서
멜로디는 직접 노래를 불러 완성하는데
여러모로 어설프지만 나름의 재미가 있다.

옛 노래는 가사가 예뻐서 좋고
동요는 부를 때마다 마음속 공기가
맑아지는 듯해서 좋다.

그중에서도 산울림의 '너의 의미'가 특히 그랬다.

한마디 말,
작은 웃음이
내게는 커다란 의미.

아이유의 목소리만 기억했는데
가사가 예고도 없이 마음 한쪽을 툭 친다.

복실이의 작은 눈빛과 쓸쓸한 뒷모습은
끝까지 지켜주겠다고
약속하고 다짐하게 만든다.

이별이 머지않았다는 사실을 인정하고
차근차근 준비하는 것이 힘겹지만,
이전보다 더 가까이 다가가게 되었고
매 순간을 소중히 여기고
기억할 수 있어 감사하기도 하다.

그래서
지금 이대로도 괜찮다.

말은 하지 않아도
눈빛으로,
몸짓으로,
체온으로
우리는 교감을 나눈다.

그렇게 받은 사랑은
힘들고 지칠 때마다
따스한 봄 햇살처럼
날 감싸줬다.

우리가 가족이 된 것도
짧지 않은 시간들을 함께한 것도
수많은 어려움을 함께 이겨낸 것도
준비된 운명이 아니었을까.

끝까지 행복할 수 있게
지켜주고 싶은 간절한 마음.

〈너는 내 운명〉 포스터 속 두 배우의 표정이
복실이를 보는 우리 가족과 닮아 있다.

활짝 웃고 있지만
눈물이 난다.

최선의 한계

최선에도 한계는 있다.

회사가 끝나는 대로 곧장 집으로 향했고, 외출은 부모님이
집에 계시는 토요일 오전과 일요일에 몰아서 잡아야 했고,
그것도 부모님이 안 계실 저녁이 되기 전엔 돌아와야 했기
에 늘 마음을 졸여야만 했다.

"엄마는 자기만 복실이 생각하는 줄 알지? 나도 생각하고,
걱정해. 그렇게 걱정되면 엄마가 집에 가."

매번 복실이 혼자 있으니 빨리 들어가라며 재촉하는 엄마
에게 작심하고 하고픈 말을 쏟아냈다.

담아둔 말을 쏟아내 후련하긴 했지만 그것도 잠시. 몰려오는 죄책감에 오늘도 양해를 구할 수밖에 없었다.

"미안해. 복실이가 위험해서 일찍 가야 해."

친구들도 사정을 모르는 바 아니지만, 경험하지 못한 것을 공감하기란 쉬운 일이 아니기에 내 입장에선 차라리 스스로 고립되는 것이 편했다.

반복되는 일상과 최선을 다해야 한다는 압박에 지쳤던 그때, 미와에게서 일본으로 오지 않겠냐는 연락이 왔다. 어렵게 결정한 일본행. 하지만 즐거움과는 거리가 멀었다. 걱정과 죄책감 그리고 두려움으로 가득했던 5일.

딱 5일만 기다려달라는 이기적인 바람을 녀석은 충실하게 들어주었다.

그래, 다시 힘을 내어 본다.

같은 시간
다른 속도

너와 나는 같은 시간들을 공유했지만
우리는 서로 다른 속도로 살고 있었다.

저만치 멀어져만 가는 너의 뒷모습을 보면서
시간을 되돌리고 싶었다.

우리에게 허락된 시간은 얼마큼일까.
그 시간이 많지 않더라도 괜찮아.

지금, 여기에서 함께 있으니까.

다들
어디로 갔을까?

페이스북과 인스타그램에는 예쁘고 어린 강아지들의 재롱이 한가득이다. 어찌나 예쁘고 작고 사랑스러운지. 한참을 흐뭇하게 바라보다 복실이도 이럴 때가 있었다고 생각하며 소싯적 한인물 했던 복실이를 떠올린다.

그러다 문득 서글퍼져서 해시태그로 '#노견'을 검색했다. 푸석한 털을 가린 옷, 바래진 코 색깔… 또 다른 복실이들이 있었다. 좋은 달라도 하나같이 사랑이 잔뜩 묻어 있다.

마지막을 지켜준 이들이 생각보다 많았다. 어떤 마음으로 슬픔을 회복하고 다시 사랑을 나누었는지 보고 있자니 겪게 될 일들이 가치 있는 것들이라고 확인받는 것 같다.

늙은 개와
버려진 개

한 장의 전단에 시선이 머물렀다.

복실이와 닮은 얼굴에 왠지 슬퍼 보이는 눈. 아직 엄마의
품에 안겨 있어야 할 것 같은 어린 강아지. 속초 거리를 배
회하다 한 카페에서 보호하고 있다는 녀석은 한눈에 봐도
참 예뻤다.

카페 손님들을 비롯해 많은 사람들이 이 전단을 공유하며
녀석의 가족을 찾으려 애써주었다. 그렇게 여러 사람들의
정성이 모여 내게도 닿았다.

녀석의 모습이 내내 아른거려 용기 내 연락을 했다.

"날씨가 추운데 한 생명을 보살펴주셔서 감사합니다. 가족이 나타나지 않는다면 평생 책임질 수 있는 반려가족으로 함께하고 싶습니다."

일주일이 지났을까, 우리 집으로 입양을 보내고 싶다는 답을 받았다. 복실이와 오래도록 함께하고 있는 모습이 믿음을 주었던 것 같다.

먼 길을 온 작은 생명은 조금 지쳐 보였고 낯선 품에서 움츠려들면서도 폭 안겼다. 엄마와 난 이제 행복한 일만 남았다고 말하면서 다독였다. 새 가족을 들이겠다는 말에 걱정하던 엄마도, 더는 안 된다고 반대하던 아빠도 결국에는 같은 마음으로 대해주었다.

그렇게 우린 가족이 되었다.
과거의 아픔은 잊고
행복하기만을 바라는 가족의 바람.
조금은 촌스럽고 구수해도 마음에 쏙 든다.

복실이의 동생이 된 행복이는 처음부터 배변을 가릴 정도로 똑똑했다. 여자아이라 그런지 애교도 많다. 여자아이를 키운다는 게 이런 건가 싶어 하루에도 몇 번씩 얼었던 마음이 녹아내렸다.

언뜻 보이는 행동에는 상처가 보였다. 남자를 보면 숨기 바쁘고, 아파트 입구에서는 주저앉아버린다. 거리에서 지냈던 시간 때문일까, 다른 강아지들에게 신이 나는 산책이 행복이에겐 두려운 일인 것 같았다.

매일같이 안아주고 함께 나간다. 눈에 보이지 않을 만큼이지만 아주 조금씩 나아지고 있다. 시간이 쌓이고 서로의 마음이 연결되면 녀석의 상처도 아물 것이라 믿는다.

마음이 아픈 행복이와 몸이 아픈 복실이가 가족의 위안이자 웃음이 되어준다. 두 녀석이 서로를 의지하며 서로의 아픔을 치유할 수 있기를.

너의 이름은.

돌이켜보면 좀처럼 애정이 없는 것엔 이름을 지어준 적이 없었다. 이름을 지어주고 자주 불러준다는 것은 그만큼의 관심과 애정 없이는 불가능한 것이니까.

복실이. 생김새를 꼭 닮은 조금은 촌스러운 이름은 엄마가 지어준 것이다. 사실 발음이 예쁜 프랑스식 이름을 지어주지 못한 게 아쉬웠다.

동요에도 나오는 이름. 시골 가면 한 마리는 꼭 있는 이름. 처음 키운 반려견인데 대충 붙인 것 같았다. 우리 집에 강아지가 있다고 자랑하고 싶었는데 그 이름이 복실이라고 말하는 건 조금은 창피한 기분이 드는 그런.

지금은 복실이 누나라서 참 좋다. 처음부터 입에 철썩 붙어 좀처럼 떨어지지 않는 쉬운 이름. 부를수록 정감이 가고, 귀엽게 느껴지는 것이 복슬복슬한 곱슬머리엔 이보다 더 어울리는 이름은 없지 싶다.

아무 데나 오줌을 싸거나 휴지통을 뒤지기라도 하는 날엔 "김복실!"하고 혼내고 밖에서 들어오면 "복실이 어딨니"라며 숨바꼭질도 했다. 동물병원에서 약을 타오는 날엔 약봉지 위에 적힌 '복실이' 이름이 볼수록 귀여워서 웃음이 났다. 복실이라는 이름을 참 많이, 오래, 부르고 적었다.

친구를 부를 때 나도 모르게 느닷없이 '복실'의 ㅂ자가 입 밖으로 나왔다가 친구한테 한소리를 듣기도 했다. 내 몸에 철썩 붙어버린 이름이 좀처럼 떼어지지 않는데 떼어질 수 없고, 떼어내기도 싫다.

내 동생 복실이.

다시
아기가 되다

언제 그랬냐는 듯 흘러가버린 시간. 초등학생이던 누나가 서른이 됐으니 녀석도 내가 기특할까. 꼬꼬마가 커서는 나를 보살펴준다며 흐뭇해할지도 모르겠다.

얼마 전에는 녀석이 집에서조차 길을 잃었다. 나이가 들어 힘이 빠지니 긴 다리가 이젠 불안해 보인다. 누워 있다 일어나면 몇 초는 몸을 일으키지 못하고 헛발질을 하는데 엉덩이를 손으로 받치고 일으켜 주면 그때서야 첫 걸음마를 떼는 아이처럼 조심스럽게 몸을 일으킨다.

엉금엉금 거북이 같은 걸음에 사랑한다 속삭이고 쓰다듬어준다.

기우뚱기우뚱 몇 발자국 걷다가 발을 헛디뎌 물통에 빠져 억울한 눈빛으로 올려다본다. 괜히 멋쩍은지 두리번거리다 우연히 코에 닿은 물의 촉감을 느끼고 한참 목을 축인다. 별거 없는, 아무것도 아닌 일상들이 하나하나 기특하고 고마울 뿐이다.

복실이는 다시 아기가 되었다. 작고 꼬물거리던, 만지기조차 겁났던 새끼는 일어서고 눕고 먹고 쌀 때조차 가족의 손길이 필요한 할아버지가 됐다.

한창 젊고 바쁠 때는 몰랐던 소소한 일상의 소중함을 이제야 알 것 같은데. 할 수만 있다면 최대한 천천히 안녕하고 싶은데.

최대한 함께, 남은 시간들을 진하게 소중히 보내기.
늙은 개, 아니 여전히 사랑스러운 강아지와의 이별 준비.

즐거운 포기

포기해야 하는 게 얼마나 많은지 모르겠다.

친구들과의 약속, 저녁에 잡힌 회식, 훌쩍 떠나는 여행 같은 것들. 한 생명을 가족으로 맞아 키운다는 것은 그런 것이다. 여간 성가시고 신경 쓰이는 일이 아닐 수 없다. 그런데 복실이에겐 그런 내가, 내 가족이 전부다.

나는 친구도 있고, 회사에도 가고 번화가에서 바람도 쐴 수 있는데 녀석을 그럴 수 없다. 혼자서는 밥도, 물도, 산책도 할 수 없다.

태어나자마자 어미에게서 떨어져 보살핌 없이는 물도, 밥도 먹을 수 없는 환경에 놓이는 강아지. 우리가 그렇게 만들어놓고는 너무 빨리 귀찮아하고, 쉽게 힘들다고 징징댄 것은 아니었을까.

보살피는 게 버거워질 때면 "복실이 너, 나 없으면 어쩔 뻔했어"라고 말하며 생색을 내다가도 나야말로 복실이 없는 삶이 어땠을지 생각하니 끔찍하다. 그래서 모든 종류의 포기는 기꺼이, 즐겁게 할 수 있는 것들이라 결론을 내린다.

복실아, 우리가 가족이 된 것은 내 삶의 가장 큰 축복이야. 누난 너 없으면 안 돼.

작아지지 마

더 이상 무겁지 않다. 한 손으로 그리 힘들지 않게 번쩍 들어 올린다. 양손으로 받쳐도 금세 팔이 저려오던 복실이의 묵직함이 그리워질 줄이야. 조그마한 몸집으로 사뿐히 안겨 있는 강아지들을 못내 부러워하며, 체중관리를 시킬 걸 후회하곤 했는데, 그런 투정을 하던 때가 그립다. 점점 가벼워지고 작아진다. 양팔이 저려도 되고, 많이 먹어도 되고, 옷이 작아져 하나 더 사게 돼도 괜찮아.

그러니까
작아지면 안 돼.
사라지지 마.

네가
가르쳐준 것

길에서 강아지를 보고는 귀엽기는 한데 "물어요?"라고 묻고 잔뜩 겁을 먹었던 기억이 난다. 싫다, 좋다 마음도 없이 그냥 잘 몰랐고 무서웠다. 나도 그랬기에 강아지를 보고 놀라는 사람을 보면 이해가 된다.

좋아하지 않을 수는 있는데, 아무 이유도 없이 혐오를 드러내며 해를 끼치는 사람은 여전히 이해할 수가 없다. 강아지야말로 당신을 무서워한다는 것을 아는지.

나 스스로 동물을 사랑하는 어른이라고 말할 수 있는 건 복실이 덕분이다. 주인을 잃은 개를 보면 지나치기 힘들어 어쩔 줄 모르고, 비쩍 마른 길고양이를 보면 뭐라도 줄 게 있을까 싶어 편의점에 들어가 음식을 사게 됐다. 마음 어딘가에 있던 선함을 발견하게 해주고, 나 아닌 다른 생명을 위해 가슴 아파하고, 이를 위해 작을지언정 행동하게 하는 마음을 가지게 해주었다.

이 작은 생명이 체온으로 가르쳐준 것이다. 어쩌면 내 안에 있던 선한 마음을 깨닫기 위해 복실이를 만나게 된 건 아닐까. 인간에게 개는 그런 존재가 아닐까.

예쁘지
않아도 돼

나이가 들면서 한 달에 두 번은 집 앞 애견숍에서 목욕을
받기로 했다. 그곳 아주머니는 고운 마음씨로 솜씨 좋게
복실이를 잘 다뤄줘서 마음이 놓인다.

그 아주머니 손길로 목욕을 하고 빗질을 받으면 녀석의 곱
슬머리는 더욱 풍성해지면서 잠시나마 검버섯과 종양이
가려진다. 그러면 멀리서 보는 사람들이 "귀엽다"며 관심
을 보이곤 했다.

엉킨 털을 시원하게 잘라주고 싶지만 다시 자라는 속도가
부쩍 느려져 그러질 못한다. 그렇게 미용을 마치면 어려진
것 같아 함께할 수 있는 날이 더 늘어난 것만 같다.

얼마 전부터는 목욕을 맡기는 것도 불가능해졌다. 목욕과 미용은 강아지에게도 스트레스 때문에 아주머니 입장에서도 못내 불안했던 것이다.

어쩔 수 없이 집에서 목욕을 시키는 데 눈물을 참느라 힘들었다. 단단하게 먹었던 마음이 물에 적셔 드러난 셀 수 없이 많은 검버섯과 종양을 보고 순식간에 무너졌다. 잔뜩 움츠러들고 작아진 녀석을 씻기는데 내 강아지가 많이 늙었구나 싶어서, 우리가 함께한 세월이 너에게만 유독 빠르고 가혹한 것 같아서 미안하고 아팠다.

목욕을 하고 빗질을 해도 가려지지 않는 늙음. 어떻게든 늙어도 안쓰럽게 보이기 싫어서, 늙어도 예쁘단 걸 보여주고 싶어서 젊을 때보다 몇 배로 애썼는데 복실이의 힘없는 눈이 그러지 말라고 말해주는 것 같다.

복실아, 예쁘지 않아도 괜찮아.
그런데, 아프진 않으면 좋겠어.

행복을 줍다

제자리걸음하듯 잠깐씩 걷고, 거의 대부분을 누워 지내지만, 작은 등을 살포시 안으면 다 괜찮다고 위로하는 것 같다. 아직은 안아줄 수 있어서, 일생 동안 행복만 준 너를 이제야 돌봐줄 수 있어서 다행이다.

어릴 땐 여기저기 오줌을 싸놓더니 철든 복실이는 기특하게도 똥오줌을 가렸다. 그 모습이 귀엽고 고마웠다.

약해진 다리 때문에 미끄럼방지패드도, 배변패드도 깔아놓으니 그런대로 나쁘지 않은 노년 생활이다. 그런데 아예 일어서지 못할 줄이야. 절망적이었다. 엉덩이를 손으로 받쳐 들어준 채로 조금씩 걷게 했다. 한두 발 떼다 다시 털썩. 휠체어를 타야 하는 걸까. 이대로 영영 일어서지 못하면 어떻게 해야 하는 거지…. 되찾은 평온은 예상치 못한 순간에 깨지고 말았다.

차디찬 바깥 온도가 원망스럽기만 하다. 좀 더 일찍 다리를 건강하게 하는 운동 좀 시킬 걸. 몸무게 관리를 좀 더 해줄 걸 그랬나. 별게 다 후회스럽다.

흐물흐물 힘이 빠진 두 다리를 연신 주무른다. 아직 포기하기에는 이르다. 이런 내 마음을 아는지 하루 이틀을 계속 주저앉던 녀석의 다리에 조금씩 힘이 들어가는 것이 눈에 보였다. 다시 엉거주춤 섰다. 아주 조금 걷는다.

절망이 희망이 되고, 또 얼마 지나지 않아 다시금 절망이 다시 찾아오겠지만 어쨌든 지금은, 다시 걸음을 뗀 오늘이 소중하다.

괜찮아?

언젠가부터 누군가의 안부를 묻는 일이 조심스러워졌다.
나부터 "괜찮냐"는 아무렇지 않은 물음에 한참을 뜸을 들
이게 되니까. 내가 생각하는 '괜찮음'과 남이 기대하는 '괜
찮음'이 다른 것 같아서. 나의 괜찮음은 '괜찮지 않을 때가
훨씬 많지만 그래도 괜찮다고 믿고 싶다' 정도인 것 같다.

정말 괜찮아서 괜찮다고 말할 때가 오긴 올까. 어쨌든 괜
찮다. 그럭저럭. 어떻게든. 언젠가는.

우리가 함께하지
않았더라면

우리가 함께하지 않았더라면 집에 일찍 들어가지 않아도 되고, 저녁약속도 실컷 잡고, 여행도 마음 편히 떠났을 텐데.

우리가 함께하지 않았더라면 병원비도, 네가 먹을 음식도, 그 음식에 넣을 약도 필요 없었을 텐데.

우리가 함께하지 않았더라면 똥오줌이 마려울 때마다 안아서 베란다에 내려놓고 기다리고, 밟지 않게 다시 안고, 뒷처리를 하지 않아도 되었을 텐데.

우리가 함께하지 않았더라면 이별을 걱정하며 흐르는 시간을 무서워하지 않았을 텐데.

그런데 말이야, 정말 다행이야. 네가 가족이 된 이후로 모두가 집에 가는 길을 기다려. 꼬리를 왼쪽 오른쪽 사정없이 흔들며 반가워하는 너의 몸짓 한 번에 하루의 피로가 날아가거든. 꼭 안고 있으면 마음 깊숙한 곳까지 따뜻해져서 위로가 되거든.

네가 주는 위로에 비하면 먹을 것을 만들고, 약을 타오는 정성은 얼마나 작은 것인지 몰라.

우리가 함께하지 않았더라면 나만 아는 어른으로 살아갔을지 몰라. 작고 연약한 생명을 하찮게 여겼을지도. 누군가를 사랑한다는 것은 기꺼이 베풀 수 있는 마음이라는 걸 몰랐을거야. 받기만 하는 사랑에도 불평만 했을지 몰라.

우리가 함께했음에, 지금도 함께하므로 감사해.

너 의 시 간 이
다 하 더 라 도

2018년 6월 29일 초판 4쇄 발행

지은이 · 김유민 | 그린이 · 김소라

펴낸이 · 김상현, 최세현
책임편집 · 김선도 | 디자인 · 최우영

마케팅 · 김명래, 권금숙, 김규완, 양봉호, 임지윤, 최의범, 조히라
경영지원 · 김현우, 강신우 | 해외기획 · 우정민
펴낸곳 · (주)쌤앤파커스 | 출판신고 · 2006년 9월 25일 제406-2006-000210호
주소 · 경기도 파주시 회동길 174 파주출판도시
전화 · 031-960-4800 | 팩스 · 031-960-4806 | 이메일 · info@smpk.kr

ⓒ 김유민 · 김소라(저작권자와 맺은 특약에 따라 검인을 생략합니다)
ISBN 978-89-6570-650-2 (03810)

쌤앤파커스(Sam&Parkers)는 독자 여러분의 책에 관한 아이디어와 원고 투고를 설레는 마음으
로 기다리고 있습니다. 책으로 엮기를 원하는 아이디어가 있으신 분은 이메일 book@smpk.kr
로 간단한 개요와 취지, 연락처 등을 보내주세요. 머뭇거리지 말고 문을 두드리세요. 길이 열
립니다.